AF423428

برف کے پھول

(ناول)

مصنف:

کرشن چندر

© تعمیر پبلی کیشنز

کتاب	:	برف کے پھول
مصنف	:	کرشن چندر
صنف	:	ناول
ناشر	:	تعمیر پبلی کیشنز (حیدرآباد، انڈیا)
زیرِ اہتمام	:	تعمیر ویب ڈیولپمنٹ، حیدرآباد
سالِ اشاعت	:	۲۰۲۳ء
تعداد	:	(پرنٹ آن ڈیمانڈ)
طابع	:	تعمیر پبلی کیشنز، حیدرآباد –۲۴
صفحات	:	۱۲۴
سرورق ڈیزائن	:	تعمیر ویب ڈیزائن

پہلا باب

جب بسنت کی ہلکی گرم رو زمستان کی خنکی چھونے لگی۔ تو اونچی گھاٹیوں پر گر چھوں کا رنگ اودا ہونے لگا اور دیو دار کے درختوں پر سے جو سبز چتناروں پر لٹو کی مانند کڑے تھے۔ برف کے کعب چٹکلنا شروع ہوئے جیسے سپید موئی شمع نے چٹکل چٹکل کر پیر پنجال کی غربی گھاٹیوں اور ڈھلانوں پر بہار کا نور پھیلا دیا۔ کہیں کہیں گاؤں کی چھڈ گڈیوں کے دونوں طرف برف کی ٹکڑیاں اب بھی نظر آتی تھیں اور چھوٹی چھوٹی ٹیکیوں کے جھاڑ پر شقتالو کے پیڑوں پر اور انگور کی آڑی ترچھی شاخوں کے کناروں پر برف کی جھالریں اب بھی آویزاں تھیں۔ کیونکہ خان کار کے کہستانی گاؤں میں اور ان تمام کہستانی گاؤں میں جو پیر پنجال کی غربی ڈھلانوں پر آباد ہیں۔ بہار بہت دیر سے آتی ہے۔ جب تپتے ہوئے میدانوں میں گرمی تیز ہو جاتی ہے۔ اس

وقت پیر پنجال کے کساروں میں بہار کی نوخیز کلی پھوٹتی ہے اور بلبل اپنا پہلا ترانہ سناتی ہے اور گاؤں کی نوخیز کلیاں اور نوبہار بلبلیں اپنے سر پر پھول ایسے رنگین اور منقش گمڑے رکھے۔ جھرنے کے حسین راگ سے اپنے گمڑے اور سینے معمور کرنے کے لئے آ جاتی ہیں اور راستے کی زرد اور سرخ اور بھوری اور بھر بھری مٹی ان کے نقش پا کی اسی قطار کو اپنے سینے میں چھپا لیتی ہے۔ جو گاؤں کی چوہدی سے نکل کر چشمے کے کنارے تک جاتی ہے۔ اسی راستے میں سنہرے ہوئے مینڈک جو موسم سرما کی کالی راتوں میں اسی زرد اور بھوری مٹی کی اندرونی تہوں میں مصروف خواب رہے۔ یکایک جاگ کر باہر سطح زمین پر آ جاتے ہیں۔ جونہی سورج کی کوئی کرن انہیں چھو لیتی ہے تو ان کے نیم مردہ نیم تاریک دلوں میں تن سے ایک کمنی بجتی ہے اور ان کے جسم و جاں میں بہار کا نور پھیل جاتا ہے اور وہ خوشی سے پگڈنڈی پر پھدکنے لگتے ہیں۔ بہار ..... بہار ..... بہار ..... سانولے ساجد کی روح کو بھی ایسی بہاریہ افسوں نے چھو لیا تھا۔ وہ کمنی اس کے دل میں بھی بجی تھی۔ ابھی ایک لمحہ پہلے وہ چاچا خان زمان اور اس کی بیوی زینب کے ساتھ کمیت کے کنارے کنارے مینڈھ بنانے کا کام کر رہا تھا کہ یکایک اس کے سر پر سے بہار کا نیم گرم جھونکا گزرا اور اس کے بال یوں ایک دوسرے سے الجھ گئے۔ جیسے کسی کی شریر اور پیاری انگلیوں نے لمحہ بھر کے لئے انہیں سلجھا دیا ہو۔ بہار کے خوشگوار لمس سے وہ چونک اٹھا۔ کریلی ہاتھ سے گر گئی۔ پھر اس کے سارے بدن میں ایک تیز انگڑائی آئی۔ اس کے دونوں ہاتھ بے اختیار اوپر کو اٹھتے گئے۔ اور ان کے ساتھ وہ بھی اٹھ کر کھڑا ہو گیا۔ سر اونچا کر کے اس نے اوپر دیکھا اور چاروں طرف گھوم کر اوپر نیلے آسمان میں سورج گرد گیا طواف کیا۔ پھر جب اس کی نگاہیں سورج سے لوٹ کر نیچے آئیں تو آلوچے کی گلریز شاخوں میں الجھ کر رہ گئیں اور یکایک کمیت سے اچپل کر اس نے

مینڈھے پر اگے ہوئے آلوچے کی ایک مضبوط شاخ میں اپنے دونوں بازو ڈال دیے۔ اور بچوں کی طرح ٹانگیں ہلا ہلا کر جھولنے لگا اور بے اختیار ہنسنے لگا۔

بچپن برس کے خان زمان نے' جس کی خشخاشی داڑھی باریک کتری ہوئی تھی۔ حیرت اور تعجب سے ساجد کی طرف دیکھا اور ہیں برس کی زینب کی پھول دار اوڑھنی بھی اس کے سر سے اتر کر کندھوں پر آگئی اور وہ بڑی حیرت سے ساجد کی طرف دیکھنے لگی۔

یکایک خان زمان اور زینب دونوں کے منہ سے اکٹھے ہی نکلا۔

"کیا ہوا؟"

"بہار آگئی!" ساجد شاخ پر جھولتے ہوئے خوشی سے چلایا۔

اور آلوچے کے سفید سفید پھول خان زمان اور زینب پر گرتے گئے!

مگر خان زمان کو ساجد کی خوشی بالکل بے معنی معلوم ہوئی۔ بچپن برس کے بعد بہار کا مفہوم ہی بدل جاتا ہے۔ بچپن بہاریں دیکھ کر رنگ اور بو اور نعمت کے طوفان پر کہاں نظر جاتی ہے۔ کیونکہ بہار آتی ہے تو کھیتوں میں کام بڑھ جاتا ہے۔ سردیوں میں تو خیر کھیت برف کا کمبل اوڑھ کر سو جاتے ہیں۔ مگر جب بہار آتی ہے تو اکدم سے اپنا پرانا سفید کمبل اتار کر پھینک دیتے ہیں۔ پھر لمحہ بہ لمحہ بسنت سے سسکتی ہوئی ہوا میں ان کا ننگا بھورا بدن انگڑائی لیتا ہوا معلوم ہوتا ہے جیسے کہہ رہا ہو۔ آؤ' مجھے گد گداؤ۔ مجھ میں ہل چلاؤ بیج ڈالو' کھاد ڈالو' گلائی کرو' ساگ پھیرو' تو میں تمہیں فصل دوں گا۔ ورنہ برف کے سفید کمبل کے بعد گھاس کا ہرا کمبل اوڑھ کر سو جاؤں گا۔۔۔۔۔۔

اور خان زمان تو آدھے گاؤں کا مالک تھا۔ وہ ساجد کی طرح ایک بے فکرا کھیت مزدور نہ تھا۔ جس کی نہ زمین تھی' نہ گھر تھا نہ گھاٹ تھا۔ نہ باپ نہ ماں' نہ بیوی نہ بچے' نہ بیل نہ باڑی! ساجد بہار کی ذمے داری کیا جانے؟ جب بہار آتی ہے تو بیل' بیج' بیاج' کھاد' لگان' مزدوری' سبھی ذمے داریاں

اکٹھی آجاتی ہیں۔ پھر آتے جاتے افسروں کو رشوت دو۔ اور پھر سب سے بڑی مصیبت تو یہ ہے کہ اس دنیا میں ہر چیز رشوت دے کر حاصل کی جا سکتی ہے مگر آسمان کو رشوت کون دے؟ اور کس طرح دے؟ بارش تو رشوت سے حاصل نہیں ہو سکتی۔ بس آسمان کی طرف دونوں ہاتھ اور دونوں آنکھیں اٹھائے دیکھنا پڑتا ہے۔ مغرور بادلوں کی ٹکڑیاں درے پر نمودار ہوتی ہیں اور دوسرے لمحے میں چنچل کنواریوں کی طرح اپنے سپید لبادے لپیٹ کر فرار ہو جاتی ہیں۔

خان زمان بہت اچھا شکاری تھا۔ پہلی جنگِ عظیم میں لیفٹیننٹ کے عہدے سے ریٹائرڈ ہوا تھا۔ اس زمانے میں فوج میں کسی دیسی آدمی کا لیفٹیننٹ ہونا بہت بڑی بات تھی اور ریٹائر تو شاید اس سے بھی بڑی پوسٹ پر سے ہوتا مگر جنگ نے اس کی دائیں ٹانگ لنگڑی کر دی تھی۔ خدا کا شکر ہے کہ خان زمان کے دونوں ہاتھ سلامت تھے اور آج بھی وہ پچپن برس کی عمر میں اپنی عقاب کی سی تیز نگاہوں کو استعمال کرکے نیچے جنگلی وادی میں پھیلی ہوئی سرکاری رکھ سے چیتے کا شکار کر سکتا تھا۔ اس کی گولی کبھی خطا نہ کرتی تھی۔ جب کبھی افسرِ مال اس علاقے کا دورہ کرنے کے لئے آتے تھے تو وہ انہیں ہمیشہ چیتے کی ایک خوب صورت کھال پیش کرتا تھا۔ مگر بادل چیتے نہیں ہیں اور بارش کو نیچے گرانے کے لئے کارتوس کی گولی کار آمد ثابت نہیں ہوتی ۔۔۔۔ ہونہہ؟ بہار آئی ہے تو کیا ہوا۔ بہار تو ہر سال آتی ہے مگر بہار کے باوجود دل چلا کر بیج بو کر' محنت کرکے بارش کا انتظار کرنا پڑے گا۔ بائیس برس کا نوجوان ساجد بھلا بہار کی ذمے داری کہاں سمجھے گا؟

خان زمان تو خیر پچپن برس کا تھا۔ مگر بیس برس کی زینب کو کیا ہوا تھا' زینب جس کے ہاتھ اس قدر پتلے اور خوبصورت تھے۔ گویا مارچ کے لطیف بادلوں کو کاٹ کر بنائے گئے ہوں۔ جس کی بڑی بڑی سیاہ آنکھوں میں ہر

وقت سورج سا چکتا تھا۔ کیا یہ سورج جو اس کی آنکھوں میں ہے اس کے دل میں نہیں ہے؟ کیا یہ گلاب جو اس کے ہونٹوں پر کھل رہے ہیں اس کے دل میں نہیں مہکتے تھے؟ پھر کیوں زینب نے بہار کے لفظ پر اس طرح حیرت سے ساجد کی طرف دیکھا تھا۔

آؤ رو ئیں! زینب کی سوچ اور حیرت میں بیگی بیگی آنکھیں کہہ رہی تھیں اور اب ان آنکھوں میں شاید کسی سورج کی نہیں کسی بیتے ہوئے لمحے کے آنسو کی نمناک چمک تھی۔ وہ آنکھیں گویا کہہ رہی تھیں۔ بہار کیا ہوتی ہے؟ جب بہار آئی تو میں ابھی کھلی نہ تھی۔ میں تو ایک بند کلی تھی جسے وقت سے پہلے توڑ لیا گیا۔ اور اسے اس شخص کے ہاتھ میں دے دیا گیا جو آج اس کا خاوند تھا۔ جو اس سے پہلے چار شادیاں کر چکا تھا۔ جس نے جنگ دیکھی تھی اور اب بوجھاپا دیکھ رہا تھا۔ جس کی بہار کے دن ہمیشہ کے لئے ختم ہو چکے تھے۔ جس کے منہ سے ہمیشہ ایک تلخ اور کسیلی سی بو آتی تھی۔ جس نے اپنی زندگی میں عورت کا بھی اسی طرح شکار کیا تھا۔ جس طرح وہ اب تک چیتے کا شکار کرتا آیا تھا ۔۔۔۔۔ "فرق صرف اتنا ہے"۔ وہ کہا کرتا تھا۔ "چیتے کے شکار میں بندوق کی گولی چلتی ہے اور عورت کے شکار میں چاندی کی گولی ۔۔۔۔۔"

زینب کو وہ شام کبھی نہیں بھولتی۔ وہ قصائی شام' یوں تو وہ شام بڑی ہی خوب صورت تھی۔ وہ اپنی سہیلیوں کے سنگ چشمے سے پانی بھر کے لوٹ تھی۔ آنگن میں کھڑے ہو کر اس نے اپنے بوڑھی باپ کے پاؤں دھلوائے تھے۔ ہوا ہلکی ہلکی سی چل رہی تھی' جیسے کہیں سونے جا رہی ہو اور آنگن کے اوپر آسمان میں بادلوں کے نارنجی گنبد سرمئی ہوتے جا رہے تھے۔ اب وہ سرخ انگاروں پر کسی کے سوندے سوندے تھوڑے سینک کر طباخ میں رکھتی جا رہی تھی۔ جب خان زمان ان کے گھر میں داخل ہوا۔ خان زمان نے اپنے

کاندھے سے ایک رائفل لٹکا رکھی تھی۔ اسے گھر میں آتے دیکھ کر زینب کا باپ حقہ چھوڑ کر مؤدب کھڑا ہو گیا۔ کیونکہ وہ ایک معمولی کسان تھا اور بوڑھی تھا اور خان زمان کا مقروض تھا اور تھوڑی سی جو زمین اس کے پاس باقی تھی وہ بھی خان زمان کے پاس گروی تھی۔ اس لئے وہ حقہ چھوڑ کر کھاٹ سے اٹھ کھڑا ہوا۔ تو اس لئے اس نے سر جھکا کر اسے السلام علیکم کہا۔ اس لئے وہ اسے ہاتھ سے پکڑ کر کھاٹ تک لے آیا اور اسی لئے خان زمان کو کھاٹ پر بٹھا کر خود اس کے قدموں میں بیٹھ گیا۔

خان زمان نے چاروں طرف گھر کے آنگن میں دیکھا۔ پھر زینب کی طرف دیکھا۔ جس کے ایک رخسار پر آگ کے شعلے ناچ رہے تھے اور دوسرے پر شفق کے نارنجی سائے۔ جس کے ہاتھ میں مکی کی سنہری روٹی تھی اور جو صرف سولہ سال کی تھی۔

خان زمان' زینب کی طرف دیکھ کر ہنسا۔ اس کی ہنسی سن کر زینب کا دل بیٹھ گیا۔

"الہ داد! تو اس لڑکی کا کیا لے گا؟" خان زمان' زینب پر نظر جماتے ہوئے بوڑھی کسان سے پوچھنے لگا۔

"کس لڑکی کی بات کرتے ہو مالک؟"

"تیرے گھر میں کیا دس لڑکیاں ہیں۔ ایک ہی تو ہے اور جو ہے اسی کی بات کر رہا ہوں۔"

"کیا بات کرتے ہو مالک؟"

"شادی کی بات کرتا ہوں اور کیا کرتا ہوں؟" خان زمان بڑی مضبوطی سے بولا۔

زینب یکایک چولہے سے اٹھی اور گھر کے اندر چلی گئی۔ کواڑ آدھا کھلا رہا آدھا بند رہا اور وہ آدھے بند کواڑ کے پیچھے کھڑی ہو کر ایک گناہ گار مجرم

کی طرح ہراساں اور پریشان ہو کر اپنی زندگی کا سب سے بڑا فیصلہ سننے لگی۔

زینب کے چلے جانے کے بعد الٰہ داد نے اطمینان کا سانس لیا۔ خان زمان کے پاؤں دباتے ہوئے بولا۔

"خیر سے چار تو ہیں تمہارے پاس مالک۔"

"جو تھی کو طلاق دے دوں گا۔"

"اچھا!" الٰہ داد کو مزید اطمینان ہوا۔۔۔۔ "اچھی بیویوں کی بڑی قلت ہے!" الٰہ داد آہ بھر کر بولا۔ وہ خود ایک عرصہ سے رنڈوا تھا۔

"تمہیں کیا چاہئے؟" خان زمان نے گویا لبلبی پر ہاتھ رکھ دیا۔

الٰہ داد سہم گیا۔ آہستہ سے بولا۔ "مجھے کیا چاہئے مالک۔ جو کچھ ہے تمہارے پاس گروی ہے۔"

"میں تمہاری زمینیں آزاد کر دوں گا۔"

الٰہ داد دل ہی دل میں بہت خوش ہوا۔ مگر اس نے اپنی خوشی ایک لمحے کے لئے اپنے چہرے پر ظاہر نہیں کی۔ اس کا چہرہ اس لکڑی کی طرح سوکھا اور بے رس رہا۔ جس سے وہ کھاٹ اور پائے بنایا کرتا تھا۔ ناامیدی سے سہلا کر بولا۔

"اتنی کم زمین ہے کہ اس میں گزر ہی نہیں ہوتی۔ زمین آزاد کر دو گے مالک تو مجھے پھر اسی زمین کو تمہارے پاس گروی رکھنا پڑے گا۔ اب کوئی اچھی سی زمین مجھے مل جاتی۔ کوئی ایسی زمین کا ٹکڑا جیسا تمہارے پاس ڈھکی کے چناروں والی زمین ہے۔"

"جانتے ہو۔ وہ زمین میں نے ملک گجروال کو دو ہزار روپے دے کر خرید لی تھی۔"

"میری زینب بھی دو ہزار سے کم قیمت کی نہ ہو گی۔"

"ارے دو ہزار میں میں چار گھوڑیاں جہلم سے خرید کر لا سکتا ہوں۔"

خان زمان سختی سے بولا۔

"تم ٹھیک کہتے ہو مالک۔ اچھی گھوڑی اور اچھی عورت اچھی قیمت ادا کئے بغیر نہیں ملتی!" ۔۔۔ الہ داد بات پر بات کئے جا رہا تھا اور خان زمان کے پاؤں برابر دبائے جا رہا تھا۔

یکایک خان زمان اٹھ کر کھڑا ہو گیا۔ اس نے جھنک کر الہ داد سے اپنا پاؤں چھڑا لیا۔ کاندھے پر اپنی رائفل ٹھیک کی۔ پھر مشین گن کی سی تیز آواز میں بولا:

"ساڑھے سات سو روپے نقد دوں گا۔ تمہاری زمین کا گروی نامہ پھاڑ دوں گا۔ چناروں والی زمین تو نہیں دوں گا۔ لیکن سو کمی آرواڑی کے نیچے جو دو کھیت ہیں وہ بھی لکھ دوں گا۔ بس اس سے اوپر ایک پائی نہیں ٹلے گی۔ چاہے تو ناں کر چاہے تو ہاں کر! مگر جو بولنا ہے ابھی بول دے۔"

اتنا کہہ کر خان زمان تیزی سے ہنسا۔ ہنسا اس لئے کہ اسے معلوم تھا کہ الہ داد بھلا کیا بول سکتا ہے اور بعض آدمیوں کو ہنسی صرف اس وقت آتی ہے۔ جب کوئی دوسرا نہ ہنس سکے!

دوسرا باب

زینب کی خان زمان سے شادی ہو گئی۔ یہ تو نہیں ہے کہ زینب کو اس گھر میں کسی طرح کی تکلیف تھی۔ یہ گھر گاؤں کا امیر ترین گھر تھا۔ خان زمان اگر پچپن برس کا تھا۔ تو کیا ہوا۔ صرف اس کی داڑھی سے پتہ چلتا تھا کہ وہ پچپن برس کا ہے۔ ورنہ اس کا جسم بے حد مضبوط اور کسرتی تھا اور اس کے ہاتھوں میں فولاد کی سی قوت تھی۔ اس کے سارے دانت مضبوط اور اپنی جگہ پر قائم تھے۔ چھوٹے چھوٹے سپید دانت ایک دوسرے کے ساتھ بے حد قریب سے جڑے ہوئے اس کے رخساروں کا رنگ تانبے کی طرح دکھتا تھا۔ وہ مہینے میں ایک بار زینب کو ضرور پیٹتا تھا۔ نہ صرف اسے بلکہ اپنی دوسری بیویوں کو بھی۔ اپنے گھر کے ملازموں کو بھی۔ اور جب تک اس کے دونوں لڑکے گورڈن کالج پنڈی میں تعلیم پانے کے لئے نہیں گئے۔ وہ

انہیں بھی نہایت باقاعدگی سے پیٹتا رہا۔ پٹائی کے لئے قصور وار ہونا ضروری نہ تھا۔ اس کا پیٹنا محض ایک اعلان تھا کہ وہ اور صرف وہ اس گھر کا مالک ہے۔ زینب کو وہ جتنا پیار کرتا تھا۔ اتنا پیٹتا بھی تھا۔ کیونکہ اس کے باپ نے اسے اور اس کے باپ کو اس کے باپ نے بتایا تھا کہ عورتوں اور گھوڑیوں کو قابو میں رکھنے کے لئے یہ نہایت ضروری ہے کہ انہیں کبھی کبھی چابک کی صورت دکھا دی جائے۔

زینب چابک سے نہیں ڈرتی تھی۔ جس سماج میں وہ رہتی تھی۔ اس میں سبھی عورتیں پٹتی ہیں۔ سبھی پیٹی جاتی ہیں۔ سب کی شادی ہوتی ہے اور ماں باپ کے فیصلے سے ہوتی ہے۔ زینب کی شادی اگر خان زمان سے نہ ہوتی تو کسی غریب کسان کے بیٹے سے ہوتی۔ وہ خان زمان سے نہ پٹتی تو کسی غریب کسان سے پٹتی اور ساتھ میں بھوکی بھی رہتی۔ اس لئے زینب' خان زمان کی مار سے نہیں ڈرتی تھی۔ وہ اس کی ہنسی سے ڈرتی تھی۔ کیونکہ وہ کبھی مسکراتا نہ تھا۔ بس کبھی کبھی یک لخت ہنس پڑتا۔ اس کی ہنسی ہمیشہ بے حد تیز اور مختصر ہوتی تھی۔ اس کے سپید دانت ایک لمحے کے لئے فضا میں یوں چمک جاتے جیسے کوئی تیز خنجر آنکھوں میں اتر گیا۔ اس تیز اور مختصر ہنسی سے زینب کو بہت ڈر لگتا تھا۔ وہ اس کی سنجیدگی سے نہیں ڈرتی تھی۔ اس کے پیار سے ڈرتی تھی۔ کیونکہ اس کے منہ سے ایک عجیب گھٹی سی بدبو آتی تھی۔ وہ اس جنم جلی بہار سے ڈرتی تھی۔ کیونکہ جب وہ سولہ برس کی ہوئی اور اس کی زندگی میں پہلی مرتبہ بہار آئی تو وہ کسی دوسرے کو سونپی جا چکی تھی۔ اس کی زندگی میں کوئی فیصلہ نہ تھا۔ کوئی چننا نہ تھا۔ اسے فیصلے کا کوئی حق نہ تھا۔ اسے افسوس تھا ان سپنوں کا جو وہ نہ دیکھ سکی۔ یکایک اس کے ذہن میں وہ چہنے ابھرنے لگے جو اس سے بڑے عمر کی لڑکیاں چشمے کے

کنارے بیٹھی بیٹھی جھرنے کی لہروں پر دیکھا کرتی تھیں ۔۔۔۔ اس کی سہیلی آمنہ کو وہ نائب تحصیلدار بہت پسند آیا تھا۔ جو ایک بار دورے پر ان کے علاقے میں آ نکلا تھا اور جس نے دو روز کے لئے گاؤں سے باہر سرکاری ڈاک بنگلے میں قیام کیا تھا۔ چشمے سے پانی لے کر آتے ہوئے ایک بار ڈھکی چڑھ کر جب وہ ستانے کے لئے ڈاک بنگلے کے باہر اخروٹ کے سائے تلے دم لینے کے لئے ٹھہر گئی تھی۔ اور یہاں پر ہر روز وہ دم لینے کے لئے ٹھہرتی تھی۔ کیونکہ ڈاک بنگلہ اکثر بند رہتا تھا۔ اور چوکیدار اپنے کھیتوں میں کام کرتا تھا اور اخروٹ کے پیڑ کا سایہ گھنا اور خوشگوار تھا۔ اور یہاں اور کوئی نہ ہوتا تھا۔ اس لئے آمنہ کو یہاں رک کر دم لینا بہت اچھا معلوم ہوتا تھا۔ لیکن اس دن جب چشمے سے چڑھ کر ڈاک بنگلے کے قریب اخروٹ کے سائے تلے وہ آکر رکی تو اس نے سنہری دھوپ اور سبز پتوں کی شطرنجی میں ایک اجنبی کو کھڑے دیکھا۔ وہ ایک پتھر پر ہرے اخروٹ کو رکھ کر اسے دوسرے پتھر سے توڑ رہا تھا اور اخروٹ اس سے ٹوٹ نہیں رہا تھا۔ کیونکہ یہ خشک اخروٹ نہیں تھے۔ ہرے اور کچے اخروٹ تھے۔ جن کے اوپر سبز چھلکے کی ایک مضبوط اور وبیز تہ لپٹی رہتی ہے۔

اور آمنہ اخروٹ کے پیڑ کے نیچے کھڑی سر پر گھڑا اٹھائے انتہائی دلچسپی سے اس کی حماقت دیکھتی رہی۔ ''اونہہ!'' کرکے جب اس نوجوان نے غصے سے اخروٹ پھینک دیا۔ تو آمنہ خوشی سے کھلکھلا کر ہنس پڑی۔ اور نوجوان جو اب تک جھکا ہوا پتھر پر اخروٹ توڑنے میں مصروف تھا، یکایک ہنسی کی آواز سن کر چونکا اور گھوم کر آمنہ کی طرف مڑا۔ تو آمنہ گھبرا کر پیچھے ہٹ گئی۔ ایک لمحے کے لئے اسے اپنی بیباکی اور جسارت پر حیرت ہوئی۔ مگر جو نہی وہ نوجوان اجنبی اسے دیکھ کر مسکرایا۔ اس کی ساری گھبراہٹ ختم ہو گئی۔ اس اجنبی کے روشن اور اعتماد بخش جسم نے آمنہ کو عجیب سی ڈھارس دی اور

وہ بولی:

"اخروٹ یوں نہیں توڑتے ہیں!"

"پھر کس طرح توڑتے ہیں؟" نوجوان نے پوچھا۔

"میرا گھڑا نیچے رکھوا دو۔ تو بتاؤں!" آمنہ بولی۔

نوجوان آمنہ کے قریب آگیا۔ گھڑا نیچے رکھنے کے لئے بالکل قریب آنا پڑتا ہے۔ پاؤں کے قریب پاؤں اور بیٹھنے کے قریب سینہ اور رخسار کے قریب رخسار۔ اتنے قریب کہ آمنہ اس اجنبی کی سانس اپنے رخسار پر محسوس کر سکتی تھی۔ شرم و حیا سے اس کی آنکھیں بند ہونے لگیں۔ دوسرے لمحے میں گھڑا زمین پر تھا اور آمنہ کا دل زور زور سے دھک دھک کر رہا تھا۔

"اب بتاؤ۔" نوجوان جس کے ہاتھ گھڑا نیچے رکھنے سے گیلے ہو چکے تھے اپنی جیب سے ایک ریشمی رومال نکال کر اپنے ہاتھ صاف کرتے ہوئے بولا۔ اس نے کریم رنگ کی ایک ریشمی چلون پہن رکھی تھی اور چلون سے اوپر کھلے کالروں والی مسکتی ہوئی قیمض تھی۔ اور اس قیمض کے کھلے کالروں میں اس کی اوپر اٹھی ہوئی گردن بڑی خوب صورت دکھائی دیتی تھی۔

آمنہ نے جھک کر قریب سے ایک نوکیلا پتھر تلاش کیا اور ایک سبز اخروٹ لے کر اسے دوسرے پتھر پر رکھ کر اسے اس نوکیلے پتھر سے چونیں مار مار کر چھیلنے لگی ۔۔۔ چند لمحوں میں اوپر کا ہرا چھلکا اتر گیا تھا اور اندر سے اخروٹ نکلا نکل آیا تھا مگر اخروٹ کی یہ کمال ابھی سخت نہ ہوئی تھی۔ آمنہ نے اخروٹ کو اپنی ہتھیلی میں دبا کر اس کے دو ٹکڑے کر دیے۔ اب اندر سے سفید سفید گودے والی گری جھانک رہی تھی۔ آمنہ نے اپنی چھوٹی سی ہتھیلی پر اخروٹ کی گری رکھ کر اسے اجنبی کو پیش کرتے ہوئے کہا:

"لو کھاؤ!"

اجنبی نے اس کی ہتھیلی سے گودا اٹھا لیا۔ ہنس کر بولا:

"اتنی آسان ترکیب! میں نے تو سمجھ لیا تھا کہ تمہارے گاؤں کے
اخروٹ بڑے سخت دل ہوتے ہیں!"

آمنہ شرما گئی۔ مگر شرماتے شرماتے بھی مسکرا پڑی۔ اجنبی نے اپنے ہاتھ
اس کے آگے بڑھا کر کہا۔

"لو تم بھی کھاؤ۔"

آمنہ نے اس کی ہتھیلی سے اخروٹ کا گودا اٹھا کر اپنے منہ میں ڈال
لیا۔

"تمہارا نام آمنہ ہے نا؟" اس اجنبی نے پوچھا۔

"تمہیں کیسے معلوم ہوا؟" آمنہ اک دم حیرت سے چونک گئی۔

"کل جب تم ادھر سے گزری تھیں تو میں نے چوکیدار سے پوچھا تھا۔"

آمنہ کا دل دھک سے رہ گیا ۔۔۔۔۔ اس نے مجھے دیکھا تھا۔ اس نے میرے
لئے پوچھا تھا۔

آمنہ بولی۔ "اور تم عبداللطیف ہو نا؟ کوہالے والے خان غلام علی کے
لڑکے۔ تم بارہویں پاس ہو۔ اور تم ہمارے علاقے کے نائب تحصیلدار ہو کر
آئے ہو نا؟"

اب اجنبی زور سے ہنسا۔ "تو تم بھی میرے بارے میں سب کچھ جانتی
ہو؟" پھر وہ ایک گری اٹھا کر اپنے منہ میں ڈالتے ہوئے بولا۔ "ہوں!
تمہارے گاؤں کے اخروٹ تو بڑے میٹھے ہیں اور میں سمجھتا تھا تمہارے گاؤں
کے اخروٹ بڑے سخت ہوتے ہیں!"

پھر کچھ نہ ہوا۔ اس نے آمنہ کا گھڑا اس کے سر پر رکھ دیا اور آمنہ
چلی گئی ۔۔۔۔ اور ایک روز آمنہ کی بھی شادی ہو گئی ۔۔۔۔ غفار کھیت مزدور
ہے ۔۔۔۔ اب اس کے دو بچے ہیں اور وہ اپنے خاوند کے ساتھ دن رات
کھیتوں میں کام کرتی ہے اور ہمیشہ چیتھڑوں میں رہتی ہے اور اس کی زندگی

میں کوئی امید نہیں ہے۔ کیونکہ زندگی نے اس کے ساتھ یہی فیصلہ کیا تھا۔ مگر اس کے دل میں آج بھی ایک پنا لہراتا ہے۔ اخروٹ کے ہرے بھرے پتے ہوا میں جھومتے ہیں۔ اسے اپنے رخسار پر کسی کے سانس کی مدھم آنچ محسوس ہوتی ہے۔ کسی کے گرم اور جوان ہاتھ پر اخروٹ کی گری ہیرے کی کئی کی طرح چمک رہی ہے اور کوئی اس سے کہتا ہے۔ "میں تو سمجھتا تھا تمہارے گاؤں کے اخروٹ بڑے سخت ہوتے ہیں!"

جب وہ اپنے بچے کو دودھ پلاتی ہے تو کوئی اس سے کہتا ہے اور جب اس کا خاوند اس سے پیار کرتا ہے تو کوئی اس سے کہتا ہے اور جب وہ مر جائے گی تو اس وقت بھی کوئی اس سے یہی کہے گا۔ کوئی ایک لمحے کے لئے اس کے پاس اخروٹ کے پیڑ کے نیچے کھڑا رہا تھا اور ایک لمحے کے لئے ایک پنا فضا میں تھرتھرایا تھا۔ کیا یہ کافی نہیں ہے؟

اور پھر چاچا لال محمد کے بیٹے غوث کی شادی پر جب وہ سب لوگ کوٹ کلاں کے گاؤں کی جانب روانہ ہوئے تھے اور راستے میں رات آ گئی تھی اور پھر ہولے سے چاند نکل آیا ٔ اور چاند کو دیکھ کر شادی پر جانے والی عورتیں اور لڑکیاں ساتھ ساتھ چلتے ہوئے گیت گانے لگی تھیں اور راستہ کیسا ٹیڑھا بیڑھا تھا۔ سندر اور انجانا تھا۔ اس راستے پر کہیں تو آسمان اور چاند اور تارے سب نظر آتے تھے اور کہیں پر دیودار کے پیڑیوں گھیرا باندھے کے چاروں طرف سے آ جاتے ہیں کہ پلک جھپکتے ہی آسمان چاند اور تارے سب غائب ہو جاتے ہیں۔ کچھ نظر نہیں آتا ہے۔ صرف کسی کی نتھ چمک جاتی ہے اور کسی کے رخسار پر کوئی کرن لوٹ جاتی ہے اور کسی کی شوخ ہنسی شاخوں میں الجھ جاتی ہے اور اس خوبصورت نیم تاریک اندھیرے میں چلتے چلتے یکایک زینب نے دیکھا کہ کہیں سے ایک سایہ سا آیا اور ہاتھ بڑھا کر اس نے اس کے ساتھ چلتی ہوئی شاداں کو چپکے سے درختوں کی گہری تاریکی میں کھینچ لیا

اور دو سائے دیو داروں میں گم ہو گئے۔ اور کسی کی لمبی لمبی سانسوں کی سرگوشی اور کسی کے مدھم لہجے کی مدہوشی دیر تک اس کے احساس پر لرزتی رہی اور پھر جب اگلے موڑ پر دیو دار کے پیڑ ختم ہوئے اور چاند پھر آسمان پر آیا۔ تو زینب نے دیکھا کہ شاداں پھر اس کے ہمراہ ہے۔ مگر سر جھکائے ہوئے' اس طرح شرمائے ہوئے' جیسے وہ اپنا کوئی بہت خوبصورت سپنا بہت دور پیچھے پیڑ کی کسی شاخ پر رکھ کر بھول آئی ہے ..... فیصلے تو آخر ماں باپ ہی کرتے ہیں اور شاداں کے لئے بھی انہوں نے ہی فیصلہ کیا۔ مگر شاداں کو کم سے کم ایک سپنا تو دیکھنے کو ملا تھا۔ زینب کو زندگی سے صرف یہ گلہ تھا کہ وہ سپنوں سے پہلے ہی کیوں بیاہ دی گئی اور جس نے سپنا نہیں دیکھا۔ اس نے بہار کب دیکھی۔ اس نے ہنسی کب سنی' جذبے کی لطافت اور درد کی لذت کب جانی؟ اسی لئے اگر زینب بہار کو شبہ کی نظر سے نہ دیکھے تو کیا کرے؟

اور بھلا ساجد کو بھی یوں چیختے چلانے اور بہاریہ لہجے میں بہار کا خیر مقدم کرنے کا کیا حق تھا۔ اس کا باپ ضلع جہلم کا رہنے والا تھا اور اس علاقے میں پجاری ہو کر آیا تھا۔ اس نے اسی گاؤں کی ایک حسین عورت سے شادی کی تھی۔ مگر ساجد کے حصے میں ماں کا حسن نہیں آیا تھا۔ باپ کا کالا رنگ آیا تھا۔ اس گاؤں کے سفید رنگت والے مردوں اور عورتوں میں وہی صرف ایک مرد ایسا تھا۔ جس کا رنگ سانولا بلکہ سیاہی مائل کالا تھا۔ اور اس کی رنگت صاف کہے دیتی تھی۔ کہ وہ اس گاؤں کا نہیں ہے۔ اس علاقے میں اجنبی خون لے کر آیا ہے۔ یوں اس کے نقش بہت تیکھے اور پیارے تھے اس کا قد لانبا اور سڈول تھا۔ چال میں بید کی شاخ سی لچک' ہنسی کھلی اور بے باک' اور آنکھوں میں وہ رفعت' جیسے وہ آنکھیں نہ ہوں۔ دو ابابیلیں ہوں۔ جو فضا میں پرواز کر رہی ہوں! ---- کہاں سے اس نے یہ

آنکھیں لی تھیں۔ ایسی آنکھیں تو کسی شاعر کی ہوتی ہیں۔ مگر وہ شاعر تو نہ
تھا۔ ایک معمولی کھیت مزدور تھا۔ جس کے پاس اپنا کوئی گھر نہ تھا۔ ایک چپہ
زمین نہ تھی۔ جس کی ماں مر چکی تھی۔ جس کے باپ کو لوگ کہتے ہیں خود
خان زمان نے زمین کے کسی جھگڑے پر برافروختہ ہو کر گولی سے مار ڈالا تھا۔
مگر آج تک کسی کو اس کا ثبوت نہ مل سکا تھا۔ کیونکہ خان زمان اور پجاری
دونوں بظاہر ایک دوسرے کے جگری دوست تھے۔ دونوں اکٹھے شکار کو بھی
جایا کرتے تھے۔ ایک دفعہ ٹلی رکھ میں جو گاؤں سے تین ہزار فٹ نیچے
وادیوں اور ڈھلوانوں کو گھیرے ہوئے تھی۔ یہ دونوں دوست شکار کو گئے۔
حالانکہ یہ سرکاری رکھ تھی اور یہاں صرف راجہ صاحب اور گورنر بہادر شکار
کھیل سکتے تھے اور سال میں ایک بار وائسرائے بہادر بھی آتے تھے۔ مگر یہ
دونوں دوست چپکے سے یہاں شکار کھیلنے چلے جایا کرتے تھے۔ ایک بار خان
زمان اور پجاری اسی طرح چھپ کر اور نظر بچا کر اس رکھ میں شکار کھیلنے
کے لئے گئے۔ رات کو خان زمان تو واپس آیا مگر پجاری واپس نہیں آیا۔
لوگ کہتے ہیں کہ پجاری نے ایک زمین کے معاملے میں ایک غریب کسان
کے حق میں اپنا فیصلہ دیا تھا اور خان زمان اس زمین پر اپنی ملکیت جتانا چاہتا
تھا۔ اس لئے لوگ کہتے ہیں کہ خان زمان نے شکار کے بہانے پجاری کو اس
رکھ میں لے جا کر اس کا شکار کر دیا۔ کچھ بھی ہو۔ دوسرے دن چپکے چپکے جا کر
گاؤں کے بہت سے لوگوں نے اس رکھ کے گھنے جنگلوں میں پجاری کی لاش
کو ڈھونڈا۔ مگر انہیں پجاری کا کوئی سراغ نہ ملا۔ فارسٹ گارڈ اور رینجر نے
بھی بہت ڈھونڈا مگر پجاری کی لاش تک نہ ملی۔

اس وقت ساجد کی عمر چار سال کی تھی ۔ اس کی ماں پہلے ہی مر چکی تھی
باپ کے مرنے کے بعد وہ بالکل یتیم رہ گیا۔ اسے کون پالتا؟ اس موقع پر
زمان نے ساجد کو اپنے گھر میں رکھ لیا اور پجاری کے گھر کی ساری

چیزیں بھی اپنے گھر میں رکھ لیں۔ اس گھر کی اب صرف چار دیواریں اور چھت رہ گئی۔ اگلے سال برف باری میں چھت گر گئی۔ پھر اس سے اگلے سال مٹی کی دیواریں بھی ڈھے گئیں۔ اور لوگ دروازے اور کھڑکیاں اکھاڑ کے لے گئے۔ پھر کچھ نہ رہا۔ نہ پجاری کی لاش ملی نہ گھر کا کوئی نشان رہا' ایک ٹوٹے ہوئے دروازے کے سوا ..... اور اب بائیس برس کی عمر میں ساجد کو کچھ یاد نہ تھا۔ ذہن کے افق پر چند دھندلے دھبے تھے۔ ایک نرم اور گرم سینے کے اوپر   آنکھیں محبت سے اور مامتا سے اس پر جھکی ہوئیں۔ ایک چوڑا شانہ اسے اپنے کندھے سے لگائے ہوئے تھے کی ایک ہل مونچھوں والے منہ میں جاتی ہوئی چھے کی گڑگڑاہٹ ..... ماں کی لوری ..... یہ بھی دھبے گڈمڈ تھے۔ اور جب وہ جوان ہوا تو وہ سارے دھبے مٹ گئے۔ اس نے اپنے آپ کو چیتے کی طرح اکیلا اور ہوا کی طرح آزاد محسوس کیا اور وہ ایک چیخ مار کر آلوچے کی شاخ سے لٹک کر جھولنے لگا!

"احمق ہے!" خان زمان نے ساجد کی طرف حقارت سے دیکھ کر زینب سے کہا۔ "دوپہر تک اس سے کھیتوں کی مینڈھ تیار کرا لو۔ میں دوسرے کھیتوں کو دیکھ کر آتا ہوں!"

تیسرا باب

دوپہر تک وقت اپنا تھا اور کھیت کی مینڈھ کا کام زیادہ دشوار نہ تھا
پتھروں کی مینڈھ تو پہلے ہی کھیت کے چاروں طرف چنی ہوئی تھی۔ صرف
کہیں کہیں پر پتھر لڑھک گئے تھے' اور بھربھری مٹی راستہ چھوڑ کر کھیتوں
سے باہر برسے نکلی تھی۔ کہیں پر پتھروں کو پھر سے چن دیا تھا۔ کہیں پر بھربھری
مٹی کو چنے ہوئے پتھروں کی درزوں میں پھر سے ڈال کر مینڈھ مضبوط کر دیا
تھا۔ ہلکا اور ستھرا کام تھا۔ کبھی ساجد پتھر چن کر رکھتا تھا اور زینب ان پر مٹی
ڈالتی تھی۔ کبھی زینب چھوٹے چھوٹے پتھر اٹھا کر رکھتی اور ساجد انہیں مٹی
سے دبا دیتا۔ اور باتیں کرتے کرتے کبھی تو ان کے ہاتھ ایک دوسرے سے
چھو جاتے اور کبھی نگاہیں ایک دوسرے سے چھو جاتیں اور زینب کو ایسا
محسوس ہوتا۔ جیسے وہ ساجد کی نگاہیں نہ ہوں انگلیاں ہوں جو میرے میرے

اس کا دل نٹھل رہی ہیں۔ حمار سال سے یونہی ہو رہا تھا۔ بس یونہی اور کچھ نہیں۔

”ساجد؟“

”ہوں نہ؟“

”ایک بات پوچھوں؟“

”کیا؟“

”جب سب ہوتے ہیں تو تم مجھے چچی کہتے ہو۔ جب کوئی نہیں ہوتا ہے تو تم مجھے چچی نہیں کہتے ہو۔ کیوں؟“

”اس لئے کہ جب کوئی نہیں ہوتا ہے تو تم مجھے چچی نہیں لگتی ہو؟“

”پھر کیا لگتی ہوں؟“

”سولہ برس کی بیوقوف چھوکری!“

”ایں! ایں!“ زینب زبان نکال کر اسے چِڑانے لگی۔ پھر کھری سے ہولے ہولے زمین کھودنے لگی' پھر چھوٹے چھوٹے پتھر اٹھاکر مینڈھ میں بڑے قرینے سے سجانے لگی۔

”ساجد؟“

”ہوں!“

”ایک بات پوچھوں؟“

”پوچھ لو۔“

”کیوں تم کھیتوں میں کام کرتے ہو۔ جبکہ تمہارے چاچا کے دونوں لڑکے پنڈی کے گڈن (گارڈن) کالج میں پڑھتے ہیں؟“

”میں چاچا کا بیٹا نہیں ہوں۔ میں تو ایک یتیم تھا۔ جسے انہوں نے پال پوس کر اتنا بڑا کر دیا۔ کیا یہ چاچا کا کم احسان ہے؟“

”تمہارا جی نہیں چاہتا کہ تم بھی گڈن کالج میں پڑھتے؟“

"نہیں۔"

"تمہیں یہاں کھیت میں کام کرنا پسند ہے؟"

"ہاں۔"

"اور کیا پسند ہے؟" زینب نے بھویں گھما کر اس کی طرف دیکھا۔

"اور کچھ نہیں!" ساجد نے سر جھکا کے کہا۔

زینب آہستہ سے بولی۔ "ساجد! تم بہت اچھے ہو۔"

ساجد کا چہرہ مسرت سے چمکنے لگا۔

"مگر ذرا کالے ہو!" زینب نے قدرے توقف کے بعد تحقیر آمیز لہجے میں کہا۔

ساجد کا چہرہ بجھ گیا۔ زینب کا چہرہ روشن ہو گیا۔ وہ اس کی اداسی دیکھ کر دل ہی دل میں خوش ہوتی رہی۔ صرف دل ہی دل میں نہیں۔ اس کے چہرے پر بھی کیسی خوشی پھوٹ رہی تھی۔ اسے ساجد کو ستانا بہت پسند تھا۔ یکایک ایک چھناکا سا ہوا۔ جیسے کھرلی کسی دھات سے ٹکرائی ہو۔ زینب نے سر اٹھا کر دیکھا تو ساجد مٹی سے تانبے کا ایک موٹا اور وزنی پیسہ باہر نکال رہا تھا۔ پھر اس نے اپنی قمیض کے دامن سے اس پیسے کو صاف کیا۔

زینب نے پوچھا۔ "سکھا شاہی کا پیسہ ہے؟"

ساجد پیسے کو اپنے منہ کے لعاب سے صاف کرتے ہوئے بولا:

"نہیں، جہانگیر بادشاہ کا پیسہ ہے۔"

"دکھاؤ ...... دکھاؤ ......" زینب جلدی سے بچوں کی سی دلچسپی لے کر آگے بڑھتے ہوئے بولی۔

"کیوں دکھاؤں۔ یہ میرا پیسہ ہے۔ مجھے ملا ہے۔"

"نہیں، میں لوں گی۔" زینب یہ کہتے ہوئے آگے بڑھی۔ ساجد وہاں

سے اٹھ کر بھاگے۔ دونوں ایک دوسرے کے پیچھے کھیت کے کنارے کنارے بھاگتے رہے۔ پھر ساجد مینڈھ پھلانگ کر دوسری طرف نیچے ڈھلوان کی طرف چلا گیا۔ زینب بھی اس کے تعاقب میں دوڑی۔ گھاس کے قطعوں پر دور تک نیچے یوں ندی کے کنارے تک دوڑتی گئی۔ ندی کے کنارے سیب کا ایک بڑا پیڑ تھا۔ شاخیں گلابی پھولوں سے گلنار تھیں۔ ساجد اس پیڑ پر چڑھ گیا۔ زینب پہلے تو پیڑ کے نیچے کھڑی ہو کر چلانے لگی اور بچوں کی طرح ضد کرنے لگی ۔۔۔ مجھے پیسہ دو۔ میرا پیسہ دو۔ یہ میرے کھیت کا پیسہ ہے ۔۔۔۔ مگر ساجد جواب میں ہنستا رہا اور سیب کی شاخوں کو ہلا ہلا کر زینب پر پھول برساتا رہا۔ پھول زینب کے بالوں میں تھے۔ اس کے کندھے پر تھے۔ اس کے سینے پر تھے۔ اس کے پاؤں میں تھے۔ پھول جو ساجد کے دل میں تھے! مگر جب زینب کے چلانے پر بھی ساجد نے پیسہ نہیں دیا تو زینب کو بے حد غصہ آیا اور وہ اسی غصے میں اس پیڑ کی شاخ پر چڑھ گئی۔ جس پر ساجد کھڑا تھا۔ سیب کی نرم و نازک شاخ بھلا ان دونوں کا بوجھ کیسے سنبھالتی۔ وہ پہلے ہی ساجد کے بوجھ سے دہری ہوئی جا رہی تھی۔ زینب کا بوجھ پڑتے ہی اک دم چٹخ آگئی۔ دوسرے لمحے میں دونوں سیب کی شاخ سمیت نیچے گھاس پر اور پھولوں میں لوٹ پوٹ رہے تھے اور زینب اس کے ہاتھ کی بند مٹھی میں سے پیسہ نکالنے کی کوشش میں تھی۔ یکایک دور کہیں رائفل چلنے کی آواز آئی اور گردوپیش کے پہاڑ چند لمحوں تک اس کی گونج سے گوگزاتے رہے۔ پھر چاروں طرف سناٹا چھا گیا۔ رائفل کی آواز سنتے ہی ساجد کا چہرہ سنجیدہ ہو گیا اور اس کا ہاتھ ڈھیلا پڑ گیا اور اس نے خاموشی سے اپنی مٹھی کھول دی۔ جس پر جہانگیر بادشاہ کا سکہ چمک رہا تھا۔

”تمہارے چاچا کے رائفل کی آواز تھی؟“

”ہاں!“

زینب جلدی سے اٹھ کھڑی ہوئی۔

"لو یہ پیسے لے لو۔"

زینب جلدی سے اپنے کپڑوں پر سے پھول جھاڑ کر نیچے گرانے لگی۔ جیسے اسے کہیں جانے کی جلدی ہو۔ پھول جھاڑتے ہوئے وہ گھاٹی کی طرف مڑ رہی تھی کہ ساجد نے اس سے کہا:

"ایک پھول تو رہ گیا۔"

"کہاں؟" زینب جلدی جلدی مگر غور سے اپنے سارے کپڑوں کو دیکھتے ہوئی بولی۔

ساجد نے آگے بڑھ کر زینب کی چاندی کی بالی میں اٹکے ہوئے سیب کے پھول کو الگ کر دیا اور اسے چٹکی میں لے کر کہا:

"یہ؟"

"لو نہ" کہہ کر زینب نے پھول اس کے ہاتھ سے لے کر اسے زور سے نیچے گھاس پر پھینک دیا۔ اب وہ بے حد خفا معلوم ہوتی تھی اور اس کے ننھے ننھے سے گلابی ہونٹ غصے سے کانپ رہے تھے' اور ساجد کی سمجھ میں کچھ نہ آیا کہ وہ کیوں اک دم سے خفا ہو گئی تھی۔ اس نے زینب کو منانے کے لیے کہا:

"پیسے نہیں لے گی؟"

"دے!" زینب بڑی نخوت سے بولی۔

ساجد نے پیسے آگے بڑھایا۔ زینب نے جلدی سے اسے اچک لیا اور پھر اپنا ہاتھ زور سے گھما کر اسے نیچے ندی میں پھینک دیا۔ پھر وہ بھاگتی ہوئی گھاٹی چڑھ کر اوپر کھیت میں چلی گئی۔

ساجد دیر تک کھڑا چپ چاپ اسے بھاگتے ہوئے دیکھتا رہا۔ اس نے اپنی ناک سکیڑ کر اسے انگلی سے کھجایا۔ پھر اس نے اس انگلی کے ناخن سے

اپنا سر کھجایا اور جب اس کی سمجھ میں کچھ نہیں آیا تو وہ بھی سر جھکا کر گھلی کے اوپر چڑھنے لگا۔

گھلی کے اوپر گاؤں کے سب مکانوں سے اوپر خان زمان کا گھر تھا۔ خان زمان کا گھر بہت بڑا تھا۔ اب جس گھر میں چار بیویاں ہوں۔ تین مزارعے ہوں۔ چار ملازم ہوں۔ دو چرواہے ہوں۔ اس گھر کو تو بڑا ہونا ہی چاہئے۔ مگر یہ گھر بڑا ہونے کے علاوہ بڑا عجیب بھی تھا۔ اس کا ایک حصہ گاؤں کے دوسرے گھروں کی طرح کچی مٹی کا بنا ہوا تھا۔ یہ خان زمان کے غریب ماں باپ کا گھر تھا۔ پھر جب خان زمان انگریزوں کی ملٹری میں بھرتی ہو کر پیسے بھیجنے لگا تو اس گھر میں دو لکڑی کے کمروں کا اضافہ ہوا۔ جن پر ٹین کی چھت تھی اور جب خان زمان جنگ سے ظفریاب ہو کر اپنے گھر لوٹا تو اس نے گھر کا سب سے نیا حصہ بنوایا ' جو کی اینٹوں کا تھا۔ اور اب بھی یہ گھر بن رہا تھا۔ خان زمان کے دونوں لڑکے جو اب گورڈن کالج راولپنڈی میں پڑھتے تھے۔ ان کے لئے الگ کمرے بن رہے تھے۔ جن کے اندر کا سامان نا ہے مری سے آئے گا یا راولپنڈی سے آئے گا۔ گاؤں والے لوگ حیرت اور اچنبھے سے ایک دوسرے سے باتیں کرتے تھے۔ مٹی ' کاٹھ اور کچی اینٹ کے اس بڑھتے ہوئے گھر کو دیکھ کر گویا خان زمان کی کامیاب زندگی پر ایک طائرانہ نظر ڈالی جا سکتی ہے۔ گھلی پر زینہ بہ زینہ یہ گھر بھی دور تک پھیلتا چلا گیا تھا پہلے گھر کے نیچے کی ڈھلوان پر صرف ایک باندی تھی۔ جس میں خان زمان کے مویشی رکھے جاتے تھے۔ اسی میں چرواہے بھی سوتے تھے۔ مگر جب خان زمان کے مویشیوں کی تعداد بڑھتی گئی۔ تو اس ڈھلوان سے ذرا اوپر ایک دوسرا باندی خانہ تعمیر کرنا پڑا۔ پھر جب کرنل روی پھوڑ صاحب (جن کا اصلی نام روڈافورڈ تھا) ملٹری سے ریٹائر ہوئے اور ولایت جانے لگے تو انہوں

نے مری میں خان زمان کو اپنے گاؤں سے بلا بھیجا اور اسے اپنی پیاری گھوڑی روزا انعام میں دے دی۔ روزا پاکر خان زمان کرنیل بہادر ردی چھوڑ صاحب کے گھٹنوں سے چمٹ کر رونے لگا۔ کیونکہ اس دنیا میں خان زمان کو اگر کسی سے عشق ہو سکتا تھا تو گھوڑی سے' عشق تو اسے کسی سے نہ تھا۔ یہ ایک جذبہ ایسا تھا جو اس نے آج تک کبھی محسوس نہ کیا تھا۔ عورتیں اسے بے حد پسند تھیں مگر عورت کو وہ اس لئے پسند کرتا تھا کہ عورت بے حد مفید ہوتی ہے۔ وہ دن میں کھیت میں کام کرتی ہے۔ رات کو بستر میں سوتی ہے۔ نو ماہ بعد ایک بچہ بھی جن دیتی ہے جو بڑا ہو کر پھر کھیت میں کام کر سکتا ہے۔ غرضیکہ جس پہلو سے نظر ڈالو۔ عورت ایک مفید جانور ہے۔ یہی حال زمین کا ہے۔ زمین جتنی بھی انسان کے پاس ہو کم ہے۔ کیونکہ زمین سے کھانے کا اناج ' پہننے کا کپڑا اور حکومت کرنے کی طاقت حاصل ہوتی ہے۔ زمین بھی بے حد مفید چیز ہے اور خان زمان زمین اور عورت دونوں کے فوائد سے آگاہ ہو کر دونوں کے لئے شدید احساس ملکیت رکھتا تھا۔ مگر گھوڑی؟ آہ۔ گھوڑیوں کے لئے اس کا جذبہ شوق بے حد بڑھ گیا تھا۔ شاید وہ ایک تیز رفتار گھوڑی پر بیٹھ کر اسے برق رفتاری سے بھگاتا ہوا اپنی زندگی کی کوئی بہت بڑی کی پوری کر لیتا تھا۔ شاید گھوڑی کی پیٹھ پر بیٹھے بیٹھے اس بلند و بالا زاویے سے ڈھلکی اور پہاڑ اور وادی اور ندی' جنگل و مرغزاروں کے نشیب و فراز کو اس بلندی سے دیکھتے ہوئے شاید وہ اپنے آپ کو از منہ قدیم کا ایک بادشاہ محسوس کرتا تھا۔ جو ابھی ابھی ہلاکت آفریں فوج کو دشمن کے قلعے پر یلغار کرنے کا حکم دے رہا ہو۔ اس کے چٹان کے سے سخت چہرے اور اس کی سخت اور چھوٹی چھوٹی خشخاشی داڑھی کو دیکھ کر کچھ اندازہ نہیں ہو سکتا تھا۔ ہاں جب وہ مکمل مشاقی اور انتہائی تیز رفتاری سے پہاڑی رستوں پر سے اپنی گھوڑی کو بھگائے لے جاتا تو دیکھنے والا اس کے پیچھے

ہوئے شقیقوں میں عقابی نگاہوں کی چمک میں کسی غیر معمولی جذبے کی دھڑکن محسوس کر سکتا تھا۔ وہ عشق تو نہیں تھا۔ لیکن عشق کے قریب قریب اگر کوئی جذبہ ہو سکتا تھا تو بس وہی خان زمان کے سینے میں ایک قلیل سی مدت کے لئے دھڑکنے لگ جاتا تھا۔ خان زمان کے پاس اب بھی دو برق رفتار گھوڑیاں تھیں ۔ لیکن روزا کی بات ہی اور تھی۔ ایک مدت سے روزا پر اس کی نگاہ تھی۔ اس کا سیاہ چمکتا ہوا رنگ اور ماتھے پر ایک سفید نشان' جیسے سیاہ رات میں ایک ستارہ نکل آیا ہو۔ اس کے ترشے ہوئے خدوخال منہ سے دم تک روزا قیامت کی حسین اور سبک اندام تھی۔ وہ بے حد مغرور اور نخریلی تھی۔ خان زمان نے اس کے لئے ایک الگ اصطبل بنوایا تھا اور آج تک گاؤں میں کسی کسان کو ایسا گھر نصیب نہ ہوا تھا۔ جیسا روزا کا اصطبل تھا اور خان زمان جو ہر روز اپنی بیویوں سے باری باری اپنا جسم دبواتا تھا۔ ہر روز روزا کے جسم پر مالش کرتا تھا اور کبھی کبھی خود اپنے ہاتھ سے دانہ کھلاتا تھا۔ اس کے علاوہ اس نے روزا کی دیکھ بھال کے لئے ساجد کی ڈیوٹی بھی لگا رکھی تھی اور کبھی کبھی زینب کو بھی اس امر کی اجازت دیتا تھا کہ وہ روزا کو دانہ کھلا آئے ۔۔۔۔ اپنی بیویوں میں اسے زینب پسند تھی اور گھوڑیوں میں روزا۔ مگر روزا' زینب کو پسند نہ کرتی تھی۔ جس دن سے زینب اس گھر میں بیاہی آئی تھی۔ روزا نے اس کے لاڈ چاؤ دیکھ کر اپنی ناپسند کا اظہار شروع کر دیا تھا۔ اگر خان زمان اس کے لئے راتب لے کے جاتا تو وہ آخری دانہ تک کھا لیتی تھی۔ لیکن جس دن زینب لے کے جاتی۔ تو وہ کبھی تین چوتھائی کبھی آدھا ہی کھا کے بے دلی سے چھوڑ دیتی۔ کبھی زور زور سے ہنہناتی کبھی بیزاری سے زمین پر پیر مارتی۔ خدا نے روزا کو زبان نہیں دی تھی' ورنہ وہ زینب سے صاف کہہ دیتی۔

"دور ہو جاؤ میری سوکن!"

مگر زینب کے دل میں نہ روزا کے لئے نفرت تھی نہ خان زمان کی باقی تین بیویوں کے لئے۔ کیونکہ نفرت کرنے کے لئے یہ ضروری ہے کہ کسی سے شدید محبت بھی کی جائے۔ چاہے وہ کوئی فرد ہو یا کوئی اصول ہو یا جذبہ ہو' خواب ہو یا خواب کی تعبیر ہو' تصور ہو یا تصور کی تفسیر ہو۔ کسی سے نفرت کرنے کے لئے کسی سے پیار کرنا بے حد ضروری ہے۔ مگر زینب تو تیرہ سال کی تھی۔ جب وہ اس گھر میں خرید کر لائی گئی اور پہلی ہی رات جب خان زمان کے منہ سے اسے کھٹی دکی کی سی باس آئی۔ تو اس کی رگوں کا خون منجمد ہو گیا اور اس کے سارے لطیف احساسات ساکت ہو گئے۔ خوف اور دہشت سے اس کی آنکھیں پتی کی پتی رہ گئیں۔ اس نے زور سے ایک چیخ مارنا چاہی مگر اس کے منہ سے کوئی آواز نہ نکلی۔ کیونکہ وہاں پر خان زمان کا ہاتھ تھا۔

بعد میں اس نے سوچا۔ تو یہ ہوتے ہیں مرد؟ ۔۔۔۔ پھر شادی کا پہلا سال گزر گیا۔ پھر دوسرا سال گزر گیا۔ پھر تیسرا سال آگیا۔ پھر اس نے سوچنا ہی چھوڑ دیا کہ مرد کیسے ہوتے ہیں۔ بس اسے اتنا ہی اندازہ سا ہو گیا کہ یہ بھی ایک فرض ہے۔ جیسے کھیت میں کام کرنا فرض ہے۔ بھینس کا دودھ دوہنا فرض ہے۔ اسی طرح مرد کے پاس جانا بھی ضروری ہے۔ جس سے جتنی جلدی فارغ ہو لیا جائے بہتر ہے!

زینب نے مینڈھ میں آخری پتھر لگایا اور پھر کمر سیدھی کرکے کھیت میں کھڑی ہو کر چاروں طرف دیکھنے لگی۔ شام ہو چلی تھی۔ دن کی آخری کرنیں محنت اور تھکن سے چور ہو کر سورج کے گھونسلے میں آرام کرنے جا رہی تھیں۔ دودھیا نیلا آسمان نارنجی دھند لکوں میں کھو گیا تھا۔

چاروں طرف سناٹا ہے۔ فضا اداس ہے۔ گھر لوٹتے ہوئے پرندوں کے بھاری بوجھ سے ہوا بھی جھکی جا رہی ہے۔ ہولے ہولے پر پھیلاتے ہوئے

پرندے کیسے تھکے ہوئے معلوم ہوتے ہیں۔ زینب نے اپنے ہاتھوں سے مٹی جھڑتے ہوئے سوچا۔ ایسا معلوم ہوتا ہے جیسے گھر جاتے ہی یہ بستر پر پڑ کر سو جائیں گے۔ روشنی کی آنکھیں بند ہوتی ہوئی معلوم ہوتی ہیں۔ صبح کی تر و تازہ اور شاداب روشنی سے شام کی یہ بوجھل روشنی کتنی مختلف ہے زینب کو صبح سویرے ہی گھر سے نکل کر کھیتوں میں آنا بہت اچھا معلوم ہوتا تھا۔ بیحد سورج کی کرنیں کیسی نرم اور ملائم' صاف اور شفاف ہوتی ہیں جیسے پگھلے ہوئے بلور میں ڈھل کر آئی ہوں۔ یا سپید ریشم سے چھن کر آئی ہوں۔ لیکن یہ شام کی روشنی کتنی گدلی اور بھوری اور بھاری ہے۔ کندھوں پر اس کا بوجھ سا محسوس ہوتا ہے۔

زینب ہر شام کو تھکن سی محسوس کرتی تھی۔ وہ خوشگوار تھکن نہیں جو دن بھر کی سچی محنت سے محسوس ہوتی ہے۔ بلکہ اک عجیب سی ذہنی تھکن' زینب کو یہ بھی معلوم نہیں تھا کہ یہ ذہنی تھکن ہے یا جسمانی' کبھی کبھی وہ دونوں میں کوئی امتیاز نہ کر سکتی۔ بس اسے سر شام ایسا محسوس ہونے لگتا جیسے فضا بوجھل ہے۔ ہوا بھاری ہے۔ فاصلے لمبے ہیں اور اس کا دل بیٹھا جا رہا ہے۔ کیوں اس کا دل بیٹھا جاتا ہے۔ اس کی شادی گاؤں کے امیر ترین آدمی سے ہوئی تھی۔ جو ہر طرح سے اس کے آرام و آسائش کا خیال رکھتا تھا۔ وہ اس کی سب بیویوں میں سب سے چہیتی تھی۔ دوسری بیویوں کے کپڑے کو ہالے کے درزی سے سل کر آتے تھے۔ زینب کے لئے کپڑے مری سے یا پنڈی کے فیشن ایبل درزیوں سے سل کر آتے ہیں۔ جتنا زیور زینب کے پاس ہے۔ اتنا پہلی تین بیویوں کے پاس بھی نہیں ہے۔ پھر وہ جوان اور خوبصورت تھی۔ اس کے جسم کے روئیں روئیں میں رعنائی تھی اور توانائی بھی۔ پھر وہ کیوں تھک جاتی ہے؟

زینب نے اپنی گلابی اوڑھنی سے اپنا منہ پونچھا اور گھر کو چل دی آج وہ

بالکل اکیلی تھی۔ خان زمان پجاری کے گھر گیا ہوا تھا تا ساجد' روڈزا کو دانہ کھلانے کے لئے چلا گیا تھا۔ جھکا گذریا بھیڑ بکریوں کے ریوڑ کو ہنکا کر باہڑی میں لے جا رہا تھا۔ بھیڑوں کے سمور ڈوبتے ہوئے سورج کی کرنوں سے کندن ہو گئے تھے اور ان کے قدموں سے اک سنہری غبار چھٹ رہا تھا۔ جھگے گڈ ریئے نے سنگھیوں سے زینب کو اور منہ میں منہ لپیٹ کر بھیڑوں سے بچ کر آگے نکل کر جاتے ہوئے دیکھا۔ تو اس نے زور سے اپنی چھڑی ایک بکرے کی پیٹھ پر رسید کی۔ پھر گویا اس نے کسی آوارہ بھیڑ کو گلے میں واپس بلانے کے لئے سیٹی بجائی۔ زینب اچھی طرح جانتی تھی کہ جھگا اس کے لئے سیٹی بجا رہا ہے۔ مگر وہ اس سنجیدگی سے اپنے کام میں مصروف تھا کہ وہ اسے کچھ کہہ بھی نہیں سکتی تھی۔ یہ مرد بڑے بدمعاش ہوتے ہیں ۔۔۔۔ زینب نے غصے سے سوچا۔ اور وہ گردوغبار سے بچنے کی خاطر تیز تیز قدم اٹھاتی ہوئی گھاٹی پر چڑھنے لگی اور جب وہ بھیڑ بکریوں کے گلے سے بہت دور نکل گئی تو اس کے کانوں میں سیف ملوک کی تان سنائی دی۔

جھگا' سیف ملوک گا رہا تھا۔ وہ زینب کے لئے سیف ملوک گا رہا تھا۔ مگر زینب کیا کر سکتی ہے۔ جھگے گذریے کی آواز پہاڑوں سے ٹکرا ٹکرا کر گونج رہی تھی۔ وہ آواز؟ ۔۔۔۔۔ جیسے کوئی زینب کے سینے پر بار بار کنکریاں پھینک رہا ہو۔ مگر وہ کر بھی کیا سکتی تھی۔ جھگے نے تو زینب کی طرف دیکھا بھی نہ تھا۔ زینب اسے نکلوا سکتی تھی۔ کیونکہ وہ اس کے شوہر کا ملازم تھا مگر پھر دوسرا گذریا جو آئے گا۔ کیا وہ اسے دیکھ کر سیف ملوک نہیں گائے گا۔ اور پھر جھگا جب خان زمان کا نوکر نہیں رہے گا تو زینب کو دیکھ کر اور بھی بے باکی سے گائے گا۔ سب مرد غنڈے ہوتے ہیں اور ان سب کو عورتوں سے ایک ہی چیز کی طلب ہوتی ہے اور سب عورتیں اپنی تعریف سن کر سیف ملوک کے گیت سن کر خوش ہوتی ہیں۔ صرف اس کے تن بدن میں آگ

کیوں لگ جاتی ہے۔ کیوں اس کا دل غصے اور نفرت سے بھر جاتا ہے کیوں سر شام ہی اس کا دل رونے کو چاہنے لگتا ہے۔ کیوں وہ گھر جانا نہیں چاہتی۔ صبح صبح کیسی بے قراری سے وہ کھیتوں کو بھاگتی ہے۔ مگر شام کو گھر جانے کے لئے اس کے قدم نہیں اٹھتے ۔۔۔۔۔ کیوں؟ کیوں؟ کیوں؟

کھسائی چڑھ کر اس نے بیری والے نیلے کے جھرنے پر بیٹھ کر ہاتھ منہ دھویا۔ اپنے پاؤں رگڑ رگڑ کر صاف کئے۔ آنکھوں میں ٹھنڈے پانی کے چھینٹے دیے پھر نگاہ اٹھا کر نیلے کے اوپر دیکھنے لگی۔ جہاں بیری کے جھاڑ تھے اور نیلے کے اوپر بیریوں کے بیچ میں عتاب کا پیڑ چھوٹے چھوٹے مدور بیروں سے بھر گیا تھا۔ بیر کی جھاڑیوں میں بیر تو نہ تھے۔ لیکن ان جھاڑیوں میں گھس کر چنبیلی کے زرد پھول اور گہری خوشبو والی چنبیلی کے سفید پھول چاروں طرف مہک رہے تھے مگر زینب کو چنبیلی کی یہ تیز خوشبو پسند نہ تھی۔ اسے محسوس ہوتا تھا جیسے یہ مہک نہیں ہے۔ ماچس کی تیلی ہے جو بھڑک کر احساس کو آگ لگا دیتی ہے۔ مگر اسے بیری والے ٹیلے کے جھرنے کا پانی پسند تھا۔ چنبیلی کی مہک جب پانی میں گھل کر دھیرے دھیرے میرے حلق میں آتی ہے تو بہت بھلی معلوم ہوتی ہے۔ زینب کو ایسی مہک پسند تھی جو بے حد ہلکی اور خنک آمیز ہو۔ برف سے قریب قریب ۔۔۔۔۔ حالانکہ برف میں کوئی مہک نہیں ہوتی۔ مگر جانے کیوں زینب کو برف سے کافور کی سی بو آتی تھی۔ جیسے یہ برف نہ ہو۔ کفن ہو۔ سردیوں میں برف میں ڈوبے ہوئے کھیتوں کو دیکھ کر اسے اپنے کفن کی چادر کا خیال آیا تھا اور اس خیال کے آتے ہی اس کے جسم میں ایک ٹھنڈی جھر جھری دوڑ جاتی اور اس کے نتھنوں میں کافور کی خوشبو تیرنے لگتی۔ اس نے کبھی اس کا ذکر کسی سے نہیں کیا تھا مگر اسے اتنا ضرور معلوم تھا کہ دوسرے لوگوں کو برف سے وہ مہک نہیں آتی ہے جو اسے آتی ہے۔ اسے اس بات پر حیرت ضرور ہوئی تھی۔ مگر اس نے کبھی کسی سے اس کا ذکر

نہیں کیا تھا۔

وہ دیر تک جھرنے کے کنارے بیٹھی رہی۔ مدی باروچی پانی لے کر لے گیا۔ کیونکہ خان زمان کے گھر میں پانی اسی جھرنے سے جاتا تھا اور یہ جھرنا خان زمان کی گویا ذاتی ملکیت تھا۔ ذاتی ملکیت تو نہ تھا مگر یہ جھرنا خان زمان کے گھر سے اس قدر قریب تھا کہ دوسرے گاؤں والوں کی ہمت نہ ہوتی تھی کہ اس جھرنے سے پانی بھر سکیں۔ شروع شروع میں جب خان زمان کے ماں باپ غریب تھے۔ سب لوگ اس جھرنے سے پانی بھرتے تھے۔ مگر جوں جوں خان زمان امیر ہوتا گیا۔ اس جھرنے پر گاؤں کے دوسرے لوگوں کا آنا جانا کم ہوتا گیا۔ اب تو برسوں سے اس جھرنے پر خان زمان کے گھر والوں کے سوا کوئی نہ آتا تھا۔

مدی کے بعد گلّا آیا اور بھینسوں کے لئے پانی لے گیا۔ پھر جھگا سر جھکائے مالکن کو مودب سلام کرتا ہوا بھیڑیں ہنکاتا ہوا جھرنے کے نیچے سے ہی باندی کی طرف سرک گیا۔

آخر میں خان زمان آیا۔ لمبے لمبے مضبوط ڈگ بھرتا ہوا۔

"تم ابھی تک یہیں بیٹھی ہو؟" خان زمان کی آواز میں حیرت کے بجائے ہلکی سی خوشی تھی۔ اس کا خیال تھا وہ اس کے انتظار میں بیٹھی ہے۔ اور میں اس لئے بیٹھی ہوں کہ میرا جی اس گھر کے اندر جانے کو نہیں چاہتا اور اپنے بوڑھے باپ کے گھر جانے کو نہیں چاہتا تو پھر کہاں جانے کو چاہتا ہے میرا جی؟

جب زینب نے بہت اچھی طرح سے اپنے دل کو ٹٹولا تو اسے اس سوال کا جواب بھی نہ ملا۔ وہ سر جھکا کر آہستہ سے اٹھ کھڑی ہوئی۔ ہر روز یونہی ہوتا تھا۔ خان زمان جس دن اس کے کھیتوں سے کام کر کے واپس نہیں آتا تھا۔ اس دن وہ اسے ہمیشہ بیری والے نیلے پر جھرنے کے کنارے اس کا

انتظار کرتے ہوئے ملتی تھی — 'زینب مجھ سے بے حد خوش ہے'۔ خان زمان دل ہی دل میں یہ سوچ کر بے حد خوش ہوا۔ اس نے ادھر ادھر دیکھا اور جب کسی کو نہ پایا تو اس نے زینب کی کمر کو اپنے بازو کی گرفت میں لے کر یکایک اسے اپنے قریب کھینچ کر اس کا بوسہ لے لیا اور پھر فوراً ہی اسے چھوڑ دیا اور سب کچھ اس سرعت سے ہوا کہ زینب ایک لمحہ کے لئے بکا بکا سی رہ گئی۔

دوسرے لمحے میں وہی پرانی اور کھنی دھی والی باس اس کے نتھنوں میں آئی۔ زینب کو معلوم تھا کہ خان زمان ہر روز مسواک نہیں کرتا ہے۔ مگر جس روز مسواک کرتا ہے' اس روز بھی تو اس کے منہ سے ایسی ہی بو آتی ہے۔ شاید ہر مرد کے منہ سے ایسی ہی بو آتی ہو گی۔ زینب کا کئی بار جی چاہا کہ وہ اس بارے میں دوسری عورتوں سے پوچھ لے مگر عین موقعے پر اسے ایک عجیب سی جھجک آ جاتی تھی۔ ممکن ہے وہ سب عورتیں سن کر ہنس پڑیں؟ اس کی کھلّی اڑائیں؟ آخر بھلا یہ کوئی پوچھنے والی بات تھی کہ مرد کے منہ سے کیسی باس آتی ہے اور کیوں؟

خان زمان آگے آگے چلنے لگا۔ زینب دھیرے دھیرے اس کے پیچھے سر جھکا کر چلنے لگی۔ پھر اس نے نظر بچا کر آہستہ سے زمین پر ایک طرف تھوک دیا۔ مگر اس کے منہ میں بو بدستور سرایت کرتی رہی۔ وہ تو جب تک اکیلی نہ ہو گی' زور سے کیسے تھوک سکے گی۔ اور جب تک وہ زور سے نہ تھوکے گی۔ اس کے منہ سے بدبو کیسے جائے گی۔ محبت ہو یا نفرت' ہر جذبہ زور اور شدت چاہتا ہے!

"کمنی بھینس کو چارہ دیا؟" خان زمان نے پوچھا۔

"نہیں۔"

"کیوں نہیں دیا؟" خان زمان تیز دھار والے لہجے میں بولا۔

"بھول گئی۔" زینب کانپ کر بولی۔ "ابھی کھانا کھا کے دے دوں گی۔"
خان زمان نے غصے میں زور سے اپنے نتھنے پھنکارے مگر وہ منہ سے کچھ
نہیں بولا۔ ان دونوں نے کچے گھر کا آنگن طے کر لیا۔ پھر ان کے قدم لکڑی
کے دالان پر بجتے چلے گئے۔ اس لکڑی کے گھر کے ایک کمرے میں ساجد رہتا
تھا۔ کونے والے کمرے میں۔ پھر اوپر چڑھ کر پکا مکن تھا۔ اس مکن کے
دروازے سے گزر کر وہ پتھروں کا ایک زینہ چڑھ کر نئے گھر میں آپہنچے۔ جو
ان دونوں کا گھر تھا۔ اس گھر کے دائیں طرف خان زمان کے دونوں لڑکوں
کے لئے کمرے تیار ہو رہے تھے۔ دیواریں زمین سے اٹھ آئی تھیں۔ ادھر
ادھر چنڑھے اور دیو دار کے تازہ تراشیدہ شہتیر پڑے تھے۔ جن سے بیگن کی ہلکی
ہلکی مہک آتی تھی اور اس مہک میں کسی وقت چونے کی تیزی بھی شامل ہو
جاتی تھی۔ کیونکہ ان شہتیروں کے قریب ہی چونے اور بجری اور سیمنٹ کی
بوریاں پڑی تھیں۔

دن کا کھانا تو سب لوگ الگ الگ اپنے کھیتوں میں کھاتے تھے لیکن
شام کے کھانے پر خان زمان کا یہ دستور تھا کہ وہ اپنے دسترخوان پر اپنی
چاروں بیویوں کو بلا لیتا تھا اور اگر گورڈن کالج سے لڑکے بھی تعطیلات میں
آئے ہوتے تو وہ بھی دسترخوان پر شریک ہو جاتے۔ ہر فرد کی جگہ مقرر تھی۔
خان زمان کارنس والی دیوار کی طرف پیٹھ کر کے بیٹھتا تھا جس بیوی کی رات
کو ڈیوٹی ہوتی تھی۔ وہ اس کی بغل میں بیٹھتی تھی۔ باقی تین بیویاں خان
زمان کے سامنے اپنے پاؤں پیچھے سکیڑ کر سر جھکا کر دسترخوان سے لگ کر
بیٹھتی تھیں۔ جب لڑکے آتے تھے تو خان زمان کے بائیں طرف بیٹھتے تھے۔
کھانا مدی باروچی اور اس کی ادھیر عمر کی بیوی پکاتاں کھلاتی تھی۔ مگر
آج پکاتاں بیمار سی۔ اس لئے اس کی جگہ پکاتاں کی لڑکی سوہنی جو اپنی ماں
سے بھی بد صورت تھی۔ کھانا کھلا رہی تھی۔ سوہنی کے لئے اس بڑے گھر

میں دسترخوان بچھانے کا یہ پہلا موقعہ تھا۔ اس لئے اس نے بہت سی غلطیاں کر ڈالیں۔ روٹیاں وہ چنگیری میں الٹا لائی۔ دو مرتبہ شوربہ دسترخوان پر گرا دیا۔ کیونکہ اس کے ہاتھ کانپ رہے تھے مگر جب اس کو سب کا دہی رائتہ دیتے ہوئے زینب کے سامنے بھی دہی رکھ دی تو خان زمان گرج کر بولا ۔۔۔۔۔ ”تجھے معلوم نہیں ہے کہ زینب دہی نہیں کھاتی۔“ خان زمان کی گرج سن کر سوہنی کے ہاتھ پاؤں اور بھی کانپنے لگے اور دہی زینب کے سامنے رکھتے رکھتے اس نے تھوڑا سا رائتہ زینب کے کپڑوں پر گرا دیا دہی دیکھتے ہی زینب کو ابکائی آئی اور وہ فوراً وہاں سے باہر گئی۔ اسے عجیب طرح کی حلی سی محسوس ہو رہی تھی۔ جانے اب کیا ہو گیا تھا۔ پہلے تو وہ ایسی نہ تھی۔ جب وہ اپنے باپ کے گھر میں تھی تو کس مزے سے دودھ، دہی، مکھن، چھاچھ سب کچھ بڑے مزے سے ڈکار جاتی تھی اور اب دہی دیکھتے ہی اس کی روح فنا ہوتی تھی اور خان زمان کو زینب کی پسند ناپسند کا بہت خیال رہتا تھا۔ اکثر اوقات تو دہی دسترخوان پر آنے ہی نہ دی جاتی تھی۔ اگر کبھی آئی شامت کی ماری، تو زینب سے دور دور رکھی جاتی تھی۔ یا اس دن زینب کے سب کے بعد کھانا کھاتی تھی ۔۔۔۔۔

خان زمان نے سوہنی کو بے نقط سنائیں، کچھ نقطے دار بھی سنائیں۔ دو دفعہ اس نے اس کی پیٹھ پر لات ماری۔ کیونکہ آج زینب کی ڈیوٹی تھی اور اب زینب کی طبیعت اچانک خراب ہو جانے پر اسے مجھلی کی ڈیوٹی لگانا پڑے گی اور مجھلی کی سپید جلد پر اتنے تل تھے کہ خان زمان کو دور سے اس عورت کا جسم مچھر دانی کا بنا ہوا معلوم ہوتا تھا۔ اور یہ مچھر دانی وہ تھی جو رات کو زور زور سے خراٹے لیتی تھی اور پھر یکایک جاگ کر زور زور سے چور چور کہہ کر چلا پڑتی تھی اور خان زمان کا جی چاہتا تھا کہ وہ مجھلی کا سر پکڑ کر اسے دیوار سے دے مارے مگر خان زمان بالکل بے بس تھا۔ کیونکہ مجھلی

اس کے چھوٹے لڑکے کی ماں تھی ۔۔۔۔ اس لئے وہ سوہنی کو گالیاں دے کر اور مار پیٹ کر زہر کا گھونٹ پی کر رہ گیا۔ اس کے گھر میں تمام کام قاعدے اور قانون سے ہوتا تھا اور وہ خود ہی بھلا اس قانون کو کیسے توڑ سکتا تھا۔

جب زینب کو غیر متوقع طور پر چھٹی مل گئی۔ تو یکایک اس کی بشاشت عود کر آئی۔ کہاں تو اس کا جی ابکائی لینے کو کر رہا تھا اور کہاں اب اس کا جی گانے کو چاہنے لگا۔ کچھ عرصے تک وہ اکیلی اپنے کمرے میں بیٹھی گنگناتی رہی پھر وہ آہستہ سے اٹھ کر صحن' دالان اور کیا آنگن طے کر کے باڑی میں اتر گئی۔ وہاں پر اس نے اپنی پیاری بھینس کمنی کے سامنے چارہ رکھا۔ چارہ کھلا کر اسے پانی پلایا۔ پانی پلا کر اس کے جسم پر پیار سے ہاتھ پھیرا۔ بھوری اور مونی کمنی نے اپنی ماتا بھری آنکھوں سے زینب کی طرف دیکھا۔ پھر بڑے پیار سے اپنی زبان نکال کر اس نے زینب کا ہاتھ چاٹ لیا۔ پھر آہستہ آہستہ جگالی کرتے ہوئے وہ زرد اور خشک پیال پر بیٹھ گئی۔ جو باڑی میں بچا ہوا تھا اور اپنے بچے کو سر سے پاؤں تک چاٹنے لگی۔ زینب کے لئے یہ سگنل تھا کہ اب وہ باڑی سے باہر جا سکتی ہے۔ اب کمنی کو اس کی ضرورت نہیں ہے۔

پھر بھی زینب کچھ عرصے تک باڑی میں کھڑی رہی۔ باڑی میں بڑی خوشگوار سی مدت تھی۔ ہلکا ہلکا سا دھواں تھا اور چٹ چٹ کر کے چارے کی سریلی آواز تھی۔ کھڑے کھڑے زینب کو جیسے نیند آنے لگی۔ وہ جلدی سے باڑی کا دروازہ کھول کر باہر نکل آئی۔ باہر آ کر اس نے باڑی کی کنڈی چڑھا دی اور پھر واپس گھر کو ہو لی۔

گھر جاتے ہوئے اس نے دیکھا کہ بیروں والے نیلے کے اوپر چاند نکل رہا ہے۔ دیر تک وہ حیرت سے چاند کو نکلتے دیکھتی رہی۔ چاند یوں دیرے دیرے نیلے سے نکل رہا تھا۔ جیسے عورت کی کوکھ سے بچہ برآمد ہوتا ہے۔

اور یہ نو زائیدہ چاند کتنا خوب صورت اور نازک تھا۔ بالکل ایک بھولے بچے کی طرح صاف ستھرا دھلا دھلایا۔ زینب کا جی چاہا کہ وہ اس چاند کو سینے سے لگا لے۔ اسے لوری دے کر اپنی گود میں سلا لے۔ یکایک اس کی آنکھوں میں آنسو ابھر آئے اور اسے خود سمجھ میں نہ آیا کہ وہ کیوں رو رہی ہے اور زندگی سے کیا چاہتی ہے؟

پھر وہ مایوس ہو کر دہاں سے پلٹ گئی۔ آنگن کو طے کر کے موڑ کاٹ کر لکڑی کے دالان پر سے گزرنے لگی اور اس کے نازک پاؤں لکڑی کے تختوں پر بجتے گئے اور ایک عجیب نغمہ آفریں چاپ سی پیدا کرتے گئے اور وہ اپنے ہی قدموں کی آواز سنتی گئی اور آگے چلتی گئی۔ لکڑی کے آخری کمرے کے دروازے کے اندر جھانک کر اس نے دیکھا کہ ساجد اپنے بستر پر بیٹھا کپڑے کی ایک میلی سی تھیلی کھول کر اس کے اندر جھانک کر کچھ دیکھ رہا ہے۔ آہٹ پا کر ساجد نے جلدی سے کپڑے کی تھیلی اپنے تکیے کے نیچے چھپا دی۔

"یہ کیا ہے؟" زینب نے وہیں دہلیز پر کھڑے کھڑے پوچھا۔

"کچھ نہیں!"

"دکھاؤ مجھے۔"

"تمہارے دیکھنے کی چیز نہیں ہے۔"

"نہیں میں دیکھوں گی۔"

"کیسے دیکھو گی جب میں دکھانا ہی نہیں چاہتا۔"

"ایسے کون سے سونے کے ڈلے تم نے اس میں چھپا کے رکھے ہیں۔"

زینب بڑی حقارت سے بولی

"اس میں جو ہے وہ میرے لئے سونے کے ڈلوں سے بھی قیمتی ہے!"

زینب دہلیز کے اندر آئی۔ ساجد اچک کر اپنے تکیے پر بیٹھ گیا۔ زینب جب زور لگا لگا کر ہار چکی اور ساجد کو تکیے سے ہلا نہ سکی تو

رو بھی ہر گئی۔ بولی:

"تیری منت کرتی ہوں۔ دکھا دے!"

"نہیں۔"

"نہیں دکھائے گا؟" زینب نے غصے سے پوچھا۔

"کہہ جو دیا نہیں۔"

"اچھا!" زینب نے غصے سے کہا اور پلٹ کر باہر نکل گئی۔

ساجد نے دروازہ زور سے بند کر لیا۔

"کمینہ!" زینب غصے سے کانپتی ہوئی آواز میں بولی اور جلدی جلدی چلتی ہوئی لکڑی کا دالان طے کر گئی اور پھر چپکے صحن میں جا کر اپنے کمرے میں چلی گئی۔ اور پھر اس نے بھی اپنے کمرے کے دونوں کواڑ زور سے بند کر دیے۔

ساجد نے کپڑے کی تیلی ئیگے کے نیچے سے نکالی اور ادھر ادھر دیکھ کر اس نے اس تیلی کو اس بھٹول کے اندر ڈال دیا جس میں اس نے اپنے حصے کے کئی کے بھٹے بھون کے رکھے ہوئے تھے۔ کھانا کھانے کے بعد وہ اکثر کی کے بھنے ہوئے بھٹے بھور بھور کر کھاتا تھا۔ اس بھٹول کے بالکل اندر کی کے بھنوں کے نیچے اس نے اس تیلی کو چھپا کر رکھ دیا۔ پھر اس نے مزید احتیاط کرنے کے لئے ایک کونے میں لگے ہوئے مل' ساگے اور بنجالی کو بھی وہاں سے اٹھا کر بھٹول کے سامنے ٹکا دیا تاکہ بھٹول پر کسی کی نظر نہ پڑے۔ پھر وہ اطمینان سے اپنے بستری کی سلوٹیں ٹھیک کرکے چارپائی پر دراز ہو گیا اور چارپائی پر لیٹتے ہی گہری نیند سو گیا۔

لیکن زینب کو دیر تک نیند نہیں آئی۔ دیر تک وہ اپنی کھاٹ پر بیٹھی دانت کٹکٹاتی رہی۔ ہونٹ چباتی رہی اور غم و غصے سے انگاروں پر لوٹتی رہی اور جب اس کی سمجھ میں کچھ نہ آیا کہ وہ کیا کرے تو وہ تیزی سے اپنے

کمرے سے باہر نکلی اور دبے پاؤں بھاگتی ہوئی روزا کے اصطبل کی طرف چلی گئی۔

وہ دیر تک اصطبل کے باہر کھڑی سوچتی رہی۔ وہ قدم جو وہ اٹھانا چاہتی تھی۔ اور جس کا نتیجہ اسے معلوم تھا کہ کیا ہو گا وہ قدم وہ اٹھائے کہ نہ اٹھائے؟ دیر تک وہ اصطبل کے باہر کھڑی منہ میں انگلی دبائے یہی سوچتی رہی۔ آخر اس نے پاؤں چٹک کر غصے سے ایک بار "اوہنہ" کہا اور ہاتھ بڑھا کر اس نے اصطبل کا دروازہ زور سے کھول دیا اور خود دروازے کی اوٹ میں کھڑی ہو گئی۔

چند لمحوں تک اصطبل کے اندر سے روزا کے ہنہنانے کی آواز آئی۔ پھر روزا قدم بڑھاتے ہوئے اصطبل سے باہر نکلی۔ باہر نکل کر روزا نے گردن بلند کی اور رات کی ہواؤں کو سونگھا۔ وہ زور سے ہنہنائی۔ چاندنی رات کا جلوہ اسے کھلے کھیتوں ' خوب صورت ڈھلوانوں اور دیودار کے جنگلوں کی طرف بلانے لگا۔ چاندنی رات کی تنہائی میں کیسی کیسی خوشبوئیں جاگتی ہیں۔ جانے کتنے دور سے دل مٹولنے والی آوازیں آتی ہیں۔ کتنے ہزار برس کی گونج باز گشت بن کر سامنے آتی ہے اور رسیاں تڑا کر بھاگنے پر مجبور کرتی ہے۔ جب پیٹھ پر نہ کسی کا جسم ہوتا ہے۔ نہ رکاب پر کسی کا قدم ہوتا ہے ہولے ہولے روزا اصطبل سے نیچے ڈھلوان پر جانے لگی۔ پھر یکایک کوئی کمیں پر خطرے کی آہٹ پا کر ایک طرف کو سمٹ بھاگ گئی۔

زینب کے ہونٹوں پر ایک شدید معنی خیز مسکراہٹ نمودار ہوئی اس نے اصطبل کا دروازہ اسی طرح کھلے کا کھلا رہنے دیا اور دبے پاؤں اپنے کمرے کو لوٹ گئی۔

ابھی کسی کی فجر تھی۔ رات کا تیسرا پہر ختم ہو رہا تھا مگر کی فجر نہ ہوئی تھی۔ کہ خان زمان جاگ گیا۔ یوں بھی اس کی یہ رات بڑی بے مزہ گزری تھی۔

مجلی سے پیار کرتے ہوئے اسے ہمیشہ یہ محسوس ہوتا تھا جیسے وہ کسی عورت کے جسم سے نہیں کسی مچھردانی سے پیار کر رہا ہو۔ اور مچھردانی کے تصور سے اس کے ذہن میں میدان جنگ کی خندقیں دوڑنے لگتیں اور تازہ تراشیدہ کھمبوں پر آہنی تاروں کے جال پھیلنے لگتے اور اسے ایسا محسوس ہوتا جیسے وہ کسی عورت کی گود میں نہیں کسی خندق میں پڑا ہو۔ رات بھر اسے عجیب انیت سی رہی اور دل ہی دل میں وہ زینب کے بارے میں سوچ کر کڑھتا رہا۔ عجیب عورت ہے۔ وہی دیکھتے ہی اسے اکائی آجاتی ہے۔ اس کی طبیعت خراب ہونے لگتی ہے، اور گاؤں کی دوسری عورتیں ہیں کہ دودھ دہی اور مکھن کے لئے ترستی ہیں۔ مگر اسے نفرت ہے۔ جانے کیوں ہے؟ اس کا باپ کہتا تھا۔ کہ بیکے میں تو یہ ایسی نہ تھی۔ وہاں بڑے شوق سے دہی کھاتی تھی۔ اب کیا ہوا اسے؟ میری اچھی بھلی رات غارت کر دی!

خان زمان کی طبیعت میں غصے سے ابال آنے لگا۔ اس کی آنکھوں کی نیند غارت ہو گئی اور وہ بکی فجر ہونے سے پہلے ہی اپنے کمرے سے نکل بھاگا یوں بھی وہ اپنے گھر میں سب سے پہلے اٹھ جاتا تھا مگر آج تو وہ بہت ہی سویرے اٹھ گیا تھا۔ اس کا سارا بدن کسمسا رہا تھا اور اس کے ہاتھوں کی مٹھیاں غیر ارادی طور پر کھل رہی تھیں اور بھنچ رہی تھیں اور وہ کمرے سے نکلتے ہی اپنی محبوب گھوڑی کو دیکھنے کے لئے اصطبل کی طرف روانہ ہو گیا۔

اصطبل کے قریب پہنچ کر وہ ٹھٹک گیا۔ اصطبل کھلا تھا اور اس کا دروازہ ہوا میں ہولے ہولے چرچرا رہا تھا۔ یہ اصطبل کا دروازہ کھلا کیسے رہ گیا؟ وہ جلدی سے آگے بڑھ کر اصطبل کے اندر جھانکنے لگا۔ اصطبل خالی تھا!

خان زمان کا کلیجہ دھک سے رہ گیا۔ اس نے جلدی سے اندر جاکر چاروں طرف دیکھا مگر اصطبل خالی تھا۔ اسے کہیں پر روزا کی صورت نظر نہ

آئی۔ وہ جلدی سے بھاگ کر اصطبل سے باہر آیا اور چاروں طرف دیکھنے لگا۔

گو ابھی پو نہ پھٹی تھی۔ لیکن تارے ماند ہو چلے تھے اور رات کی تاریک ردا تار تار ہونے کو تھی۔ دور کسی جھنڈ میں اکا دکا چڑیاں بولنے لگی تھیں۔ ڈھلوانوں پر کھڑے ہوئے درختوں کے سائے جو اب تک فضا میں پھیلے ہوئے تھے الگ الگ دھبوں کی صورت میں نظر آنے لگے تھے۔ مگر خان زمان کی عقابی آنکھوں کی تیز نگاہیں اس وقت ان تفصیلات کا جائزہ لینے سے قاصر تھیں۔ کیونکہ اس کی نگاہیں ڈھلوانوں اور گھاٹیوں پر ترہتی ہوئی زا کو ڈھونڈ رہی تھیں مگر روزا اسے کہیں پر نظر نہ آئی۔

"روزا! روزا!!" وہ زور سے چلایا اور اس کی کڑکتی ہوئی آواز گھاٹیوں کے سنگلاخی کناروں سے ٹکرا کر فضا میں اچھل گئی اور دور دور تک اونچ گئی۔ مگر جواب میں کسی گھوڑی کے ہنہنانے کی آواز نہ آئی۔ پھر تو خان زمان کے اندیشے اور بڑھ گئے۔ اس نے غور سے اصطبل کے باہر روزا کے سموں کے نشان ڈھونڈنا شروع کئے اور جب اسے وہ نشان ملے تو اسے یہ دیکھ کر خوشی ہوئی کہ یہ نشان اکیلے تھے اور ان کے ساتھ کسی انسان کے قدموں کے نشان نہ تھے مگر اس کا دل ابھی اس تک ہراس میں ڈوبا ہوا تھا۔ آخر اصطبل کا دروازہ کس نے کھولا؟ روزا کہاں گئی؟ ممکن ہے کوئی چالاک چور اصطبل کے اندر ہی سے گھوڑی پر سوار ہو کر نکلا ہو۔ اس حالت میں اس کے قدموں کے نشان کہاں سے ملیں گے۔ نہایت احتیاط سے پھونک پھونک کر قدم رکھتے ہوئے خان زمان نے پھٹی ہوئی پو میں ڈھلوانوں پر گزر کر جانے والی گھوڑی کے راستے کی سمت معلوم کی اور جب اسے سمت معلوم ہو گئی تو وہ فوراً دوسرے اصطبل کو مڑ گیا۔ اور رنگی گھوڑی پر زین کس کر اسے باہر نکال لایا۔ پھر اس نے رنگی کو لگام سے پکڑ کر اپنے کمرے کے مقب میں تہ بند کے

ایک چھوٹے سے پیڑ سے باندھ دیا اور کمرے کے اندر جا کر اس نے اپنی رائفل نکالی اور اپنے کندھے سے لٹکالی۔

چند منٹ کے بعد خان زمان رنگی کی پیٹھ پر سوار رائفل لٹکائے ہوئے روزا کی تلاش میں روانہ ہو گیا۔

اب فجر ہو گئی تھی اور زینب جاگ گئی تھی۔ چند لمحوں کے لئے اس نے کسی گھوڑے کے سرپٹ بھاگنے کی آواز سنی اور جب اس نے جلدی سے کھڑکی کھول کر باہر دیکھا تو اس نے ایک سائے کے کندھے پر ایک رائفل کو جھولتے دیکھا۔ دوسرے لمحے میں یہ سایہ ایک چھلاوے کی طرح غائب ہو گیا تھا۔

زینب نے یہ دیکھ کر زور کی انگڑائی لی اور اس کا سارا جسم لرزکر لہر نوٹا گیا اور اس کی آنکھوں میں ایک شرریر چمک نمودار ہوئی۔ وہ گنگناتے ہوئے اپنے بستر سے اٹھی اور بال ٹھیک کرتے ہوئے کمرے سے باہر چلی گئی۔ اور نوکروں کو آوازیں دے کر جگانے لگی۔ لیکن آج اس کی صدا میں کسی طرح کی جلدت نہ تھی۔ وہ نوکروں کو اس طرح جگا رہی تھی جیسے وہ انہیں کام کے لئے نہیں چھٹی کے لئے بلا رہی ہو۔ اس نے سب کو باری باری جگا دیا۔ لیکن ساجد کو جسے وہ ہر روز خود جگاتی تھی، آج نہیں جگایا ۔۔۔۔۔ ساجد نوجوان تھا اور نیند کا متوالا تھا۔ اسی لئے زینب ہر روز وقت پر جگا دیتی تھی۔ مگر آج اس نے ساجد کو نہیں جگایا۔

"ہونہہ۔ میں کسی کی نوکر نہیں ہوں۔" زینب نے دل ہی دل میں کہا۔ اور اس کے کمرے سے ہو کر آگے بڑھ گئی۔

دودھ دوہ کر اور گکمنی بھینس کے کام سے فارغ ہو کر زینب چشمے کی طرف چلی گئی۔ اب سورج نکل آیا تھا اور اس کی پہلی کرنیں جگتی پھجکاتی ملائم الکیوں سے زینب کے رخسار چھو رہی تھیں۔ جیسے اس کا رو عمل معلوم

کرنا چاہتی ہوں۔

جواب میں زینب کھلکھلا کر ہنس پڑی۔ اس نے گردن اٹھا کر پیر پنجل کی چوٹی پر سے ابھرتے ہوئے سورج کو دیکھا۔ جیسے وہ سورج اس کے دل کے افق پر ابھر رہا ہو۔ دوسرے لمحے میں وہ چشمے کے کنارے بیٹھ گئی اور اس نے اپنی آنکھیں اپنی اوک سے لبالب بھرے ہوئے پانی میں ڈال دیں۔ اور معاً اسے ایسا محسوس ہوا جیسے اس نے اپنے شریر ہاتھوں سے سورج پر پانی اچھل دیا ہو۔

دوسری بار اپنی آنکھوں کو چینٹا دینے کے لئے جب اس نے اپنی اوک اٹھائی تو اسے اپنے سامنے چشمے کے دوسری جانب ساجد کھڑا ہوا نظر آیا۔

زینب کو اس کا چہرہ خاموش اور فکر مند نظر آیا۔

’’کیا ہے؟‘‘ زینب نے جلدی سے پوچھا۔

’’روزا اصطبل میں نہیں ہے!‘‘ ساجد نے گھبرا کر کہا۔

زینب بڑے اطمینان سے بولی۔ ’’تمہارے چاچا بھی تو گھر میں نہیں ہیں۔ ممکن ہے وہی لے گئے ہوں کہیں!‘‘

’’نہیں!‘‘ ساجد بڑھتی ہوئی پریشانی سے بولا۔ ’’میں دوسرے اصطبل میں گیا تھا۔ وہاں رنگی بھی نہیں ہے۔ اب چاچا کو دونوں گھوڑیاں لے جانے کی کیا ضرورت تھی۔ ایک آدمی دو گھوڑیوں کی سواری کیسے کر سکتا ہے؟‘‘

’’کیوں نہیں کر سکتا؟ مو ہونا چاہئے؟‘‘ زینب اسے چڑاتے ہوئے بولی۔ ’’ایک گھوڑی پر سوار ہو جائے۔ دوسری کے گلے میں رسی باندھ کر اپنے پیچھے لگا لے۔‘‘

مگر جب اس سے بھی ساجد کی پریشانی دور نہیں ہوئی۔ بلکہ اس کا چہرہ اور سیاہ پڑ گیا۔ تو زینب ہنس کر بولی:

’’گھبرا نہیں، میں نے کی فجر سے پہلے تیرے چاچا کو ادھر گھوڑی پر

جاتے دیکھا تھا۔"

یہ کہہ کر زینب نے بھری ہوئی اوک ساجد کی طرف اچھال دی۔ ساجد گھبرا کر پیچھے کو پلٹا تو ڈھلوان پر پھسل گیا۔ زینب ہنستے ہوئے کھیتوں کی طرف بھاگ گئی۔

ساجد بھی اس کے پیچھے پیچھے بھاگا اور بے خودی سے دونوں ہاتھ ہلاتا ہوا بھیگی گھاس پر دوڑتا گیا۔

چوتھا باب

دوپہر کے قریب خان زمان اپنے کھیتوں میں لوٹا۔ وہ روزا پر سوار تھا اور روزا کے پیچھے رنگلی سر جھکائے آہستہ آہستہ چل رہی تھی۔ خان زمان کے ہاتھ میں روزا کی باگ تھی اور رنگلی کی ڈھیلی رسی۔

ساجد اور زینب بڑے اطمینان سے اپنے کھیتوں میں کام کر رہے تھے۔ گرمی بڑھ چلی تھی۔ مگر یہ بڑی خوشگوار غنودگی آمیز گرمی تھی۔ ہوا کے ہلکے ہلکے جھونکوں میں زینب کے سر کے بال الجھے جاتے تھے اور وہ انہیں بار بار اپنے ماتھے سے ہٹا دیتی تھی اور بار بار اپنے بال ہٹاتے ہوئے اس کی نگاہ ساجد کے کھلے سینے پر چلی جاتی تھی۔ جہاں دو جگہ سے اس کی قمیض پھٹی ہوئی تھی اور اس میں سے ساجد کے سینے کے بال الجھ الجھ کر نظر آجاتے تھے۔

زینب نے کہا۔ "تمہاری قمیض پھٹی ہوئی ہے!"

"تو تم سی دو۔"

"واہ میں کیوں سی دوں۔ اپنی بیوی سے سلواؤنا!"

"میری کوئی بیوی نہیں ہے۔"

"تو اپنے چاچا سے کہو' تمہارے لئے کوئی بیوی ڈھونڈ لائے۔"

"چاچا روٹی دیتے ہیں یہ کیا کم ہے!"

"روٹی تو کتے کو بھی ملتی ہے!" زینب چڑ کر بولی۔

"توبہ! توبہ! کیا کہتی ہو۔" ساجد اک دم گھبرا کر بولا۔

زینب اسے مٹی کا ایک ڈھیلا اٹھا کر مارنے ہی کو تھی کہ اک دم اس نے دور سے خان زمان کو گھوڑی پر سوار آتے دیکھ لیا۔ وہ دم بخود ہو کر رہ گئی۔ اس کا سینہ زور زور سے دھک دھک کرنے لگا اور اس کے چہرے کا رنگ فق ہو گیا۔

"کیا بات ہے؟" ساجد نے زینب کی گھبراہٹ دیکھ کر کہا۔

زینب کچھ نہیں بولی۔ آنکھوں کے کونوں کے اشارے سے اس نے خان زمان کی آمد کے بارے میں بتا دیا۔ ساجد نے اشارہ پا کر مڑکر دیکھا۔ تو خان زمان کھیتوں کو کاٹتا ہوا بیچوں بیچ دونوں گھوڑیوں کو دوڑاتا ہوا سیدھا ان کی طرف چلا آرہا تھا۔ رائفل اس کے کندھے پر تھی۔

جب وہ کھیت کی مینڈھ کے قریب پہنچا تو زینب اور ساجد دونوں کام چھوڑ کر اٹھ کھڑے ہوئے۔

خان زمان نے وہیں اسی طرح روزا کی پیٹھ پر بیٹھے ہوئے پوچھا ۔۔۔

"ساجد رات کو روزا کو دانہ دیا تھا؟"

"جی ہاں۔"

"پانی پلایا تھا؟"

"جی ہاں۔"

"اصطبل کا دروازہ بند کیا تھا؟"

"جی ہاں۔"

"جھوٹ بولتے ہو۔" خان زمان کڑک کر بولا۔" پھر روزا اصطبل سے کیسے بھاگ نکلی؟ وہ تو خوش قسمتی سے آج میں جلدی جاگ گیا اور میں نے خود بروقت اصطبل کا دروازہ کھلا ہوا دیکھ لیا اور میں رنگی پر سوار ہو کر اس کی تلاش میں فجری کو روانہ ہو گیا۔ ورنہ روزا کہاں ملتی؟"

"کہاں سے ملی؟" زینب نے گھٹے ہوئے لہجے میں پوچھا۔

"کوہالے والی سڑک پر جا رہی تھی۔ شاید کلنیل (کرنیل) صاحب کی یاد آ گئی ہو گی۔ اگر میں وقت پر پیچھا نہ کرتا تو شاید سیدھی کوہ مری کو نکل جاتی!"

"مگر میں نے دروازہ اچھی طرح سے بند کر دیا تھا اور کنڈی لگا کر اس میں لکڑی پھنسا دی تھی۔ مجھے اچھی طرح سے یاد ہے چاچا .....۔" ساجد بولا

"تو کیا روزا جادو کا کرتب جانتی ہے۔ جو اصطبل کے بند دروازے سے باہر نکل گئی۔ حرامزادے .....۔"

خان زمان روزا کی پیٹھ سے نیچے اتر آیا۔

اس کے ہاتھ میں ہنٹر تھا۔

زینب کو یاد نہیں تھا کہ خان زمان نے کبھی اس شدت اور سختی سے ساجد کو پیٹا ہو' اور اس سے پہلے ایسی خاموشی اور باوقار سنجیدگی سے ساجد کو مار کھاتے ہوئے بھی کسی نے نہ دیکھا تھا' اس سے پہلے وہ بھاگ جاتا تھا یا دو ہاتھ لگنے کے بعد چاچا کے پاؤں پڑ جاتا تھا اور اپنا قصور معاف کرا لیتا تھا۔ مگر آج جانے اسے کیا ہو گیا تھا۔ جس سختی اور شدت سے خان زمان اسے پیٹ رہا تھا۔ اسی سختی اور شدت سے وہ اپنی بے گناہی اور معصومیت پر اڑا ہوا

ہنٹر کی پہلی دو تین چوٹوں پر زینب دل ہی دل میں بہت خوش ہوئی تھی اچھا ہوا۔ تم مجھے وہ تھیلی نہ دکھاتے تھے نا! بڑے آئے تھیلی چھپانے والے جانتے نہیں ہو۔ میں جب چاہوں تمہیں پٹوا سکتی ہوں۔ گھر سے باہر نکلوا سکتی ہوں۔ تم نے میرا حکم کیوں نہیں مانا۔ اتنی ضد کیوں کی؟ کیا چھپا کے رکھا ہے اس سڑی گلی تھیلی میں؟ اب خاموشی سے مار کھا رہے ہو؟ اگر اس وقت مجھے وہ تھیلی دکھا دیتے تو کیا تمہیں اس طرح مار پڑتی؟ یہ ہنٹر' یہ لاتیں' یہ کے کیوں کھاتے؟ ہیں؟

مگر جب چوٹ پر چوٹ پڑتی گئی تو اس کا عورت کا نرم دل دھلتا گیا اور وہ دونوں ہاتھ اپنے سینے پر رکھے دہشت آمیز نگاہوں سے اسے مار کھاتے ہوئے دیکھنے لگی۔

اور اس کا جی چاہا کہ وہ بھاگ کر خان زمان کے قدموں سے لپٹ جائے اور رو رو کر اس سے کہے۔ مت مارو جی۔ مت مارو اسے۔ یہ بے گناہ ہے۔ اصطبل کا دروازہ تو میں نے کھولا تھا۔ کیونکہ اس نے مجھے وہ تھیلی نہیں دکھائی تھی۔ اس لئے میں نے یہ شرارت کی تھی۔ تاکہ یہ تم سے پٹے اور خوب پٹے اور بالکل اسی طرح سے پٹے جس طرح سے تم اسے پیٹ رہے ہو مگر اس سے میرا جی ٹھنڈا نہیں ہو رہا ہے۔ بالکل نہیں ہو رہا ہے۔ اب تو میرا دل کانپ رہا ہے۔ اسے چھوڑ دو۔ یہ بے گناہ ہے۔ یہ قصور میں نے کیا ہے۔ اس لئے اس کی سزا مجھے دو۔ مگر اسے چھوڑ دو۔

مگر زینب بھرے ہوئے خان زمان کا غصہ دیکھ کر دل مسوس کر رہ گئی۔ وہ منہ سے کچھ کہہ نہ سکی۔ کیونکہ اسے معلوم تھا کہ یہ سنتے ہی خان زمان ساجد کو چھوڑ کر ایک بھوکے چیتے کی طرح اس پر جھپٹ پڑے گا۔ اس کی ہڈی پسلی توڑ توڑ کر الگ کر دے گا۔۔۔ زینب نے اپنے پلو میں منہ چھپا لیا۔

اور روتی ہوئی وہاں سے بھاگ گئی۔

مگر زینب کے چلے جانے کے بعد بھی خان زمان کا غصہ کم نہیں ہوا۔ بلکہ بڑھتا ہی گیا۔ وہ آج ساجد سے اقرار جرم کرانے پر تلا ہوا تھا اور ساجد تھا کہ اسی شدت سے اپنی معصومیت کے اصرار پر قائم تھا۔ اس کے علاوہ سب سے بڑی بات یہ تھی کہ آج ساجد نہایت خاموشی سے مار کھائے جا رہا تھا۔ اس سے پہلے وہ چیختا تھا' بھاگتا تھا' اپنے چاچا کے پاؤں پڑتا تھا۔ توبہ تلا کرتا تھا مگر یکایک خان زمان کو محسوس ہوا کہ جسے وہ کل تک چھوکرا سمجھتا آیا تھا۔ وہ آج جوان ہو چکا ہے۔ وہ دیکھ رہا ہے کہ ساجد ہاتھ اٹھا سکتا ہے۔ مگر اپنے مضبوط بازوؤں کو روکے ہوئے ہے۔ اپنے چوڑے شانے اور وسیع سینے کو ہر وار کے لئے ایک پر وقار انداز میں پیش کئے ہوئے ہے۔ جیسے وہ کسی طرح سے بھی اپنے مد مقابل سے کم نہ ہو اور یہ احساس خان زمان کو اور بھی ناگوار گزرا اور اس نے ہنٹر چھوڑ کر مکوں' لاتوں' گھونسوں سے اسے پیٹنا شروع کر دیا اور اس وقت تک وہ ساجد کو پیٹتا رہا۔ جب تک ساجد بیہوش ہو کر زمین پر نہیں گر گیا!

جب ساجد ہوش میں آیا تو اس نے دیکھا کہ وہ کھیتوں میں اکیلا گرا پڑا ہے۔ کھیت کی مینڈھوں پر بہت سے لوگ خاموش بیٹھے ہیں۔ تمی' گلّا' دّی کی بیوی چھاتاں' جھکا گذریا' کرم الٰہی ہالی اور صمد مزارع۔ نہ زینب وہاں تھی نہ خان زمان۔ اور یہ جتنے لوگ مینڈھ کے پتھروں پر بیٹھے تھے۔ سب اس کی طرف خاموش نگاہوں سے دیکھ رہے تھے۔ ان لوگوں میں اتنی جرات نہ تھی کہ اس کے قریب آتے۔ اسے زمین سے اٹھاتے' اسے اپنے سینے سے لگاتے۔ دو بول محبت کے اس کے کان میں ڈال دیتے' وہ لوگ دم بخود تھے اور خوفزدہ۔ کسی احساس گناہ سے نہیں۔ کسی خدا سے نہیں۔ ایک آدمی سے جو ان کی روٹیوں کا مالک تھا۔ اس لئے ان کی عزت کا مالک تھا۔ ان کے

جسم کا مالک تھا اور اس جسم کی ہر حرکت کا مالک تھا۔ وہ اپنی ہڈیوں تک میں اس کے حکم کو محسوس کرسکتے تھے۔ جس طرح ان سے پہلے ان کے باپ نے اور ان کے باپ سے پہلے اس کے باپ نے قرن ہا قرن سے محسوس کیا تھا کہ گو سورج کی روشنی میں سب آزاد ہیں لیکن بد قسمتی سے زندہ رہنے کے لئے صرف سورج کی روشنی کافی نہیں ہے اور روٹی تو وہ سورج ہے جو مبجدم غان زمان کے گھر سے چڑھتا ہے اور سرِ شام وہیں ڈوب جاتا ہے۔

اس لئے وہ لوگ کھیت میں نہیں آئے۔ دور ہی دور سے اسے دیکھتے رہے۔ اس لئے ساہد جب خود ہی ہوش میں آیا تو وہ خود ہی گھٹنوں کے سہارے اٹھا۔ خود ہی لڑکھڑا کر چلا اور جب وہ مینڈھ کے قریب پہنچا تو لوگوں نے خاموشی سے سر جھکا کر اسے راستہ دے دیا جیسے وہ اپنی بدنصیبی کو راستہ دے رہے ہوں!

ساہد لڑکھڑاتا ہوا کھیتوں کے باہر چلا گیا۔ گھمائی کے اوپر چلا گیا۔ موڑ پر سے غائب ہو گیا۔ موڑ کاٹ کر اپنے آبائی گھر کے کھنڈر پر جا پہنچا اور ایک نیلے پر بیٹھ گیا۔ جو شاید کبھی گھر کی دیوار تھی۔ پھر پتھر پر پتھر رکھ کر اس نے اپنے پجاری باپ کے گھر کو اپنے ذہن میں دوبارہ کھڑا کیا۔ وہ اپنے مرحوم باپ اور ماں کو قبروں سے نکال لایا اور انہیں اپنے تصور کی حرکت بخشی اور لوگ زندہ ہو گئے اور اس کا گھر خوشیوں اور مرادوں اور چولہے کی آگ اور اس کے دھوئیں سے بھر گیا۔ اس کے باپ نے بڑی شفقت سے اس کے سر پر ہاتھ پھیرا۔ اور اس کی ماں نے روتے ہوئے اس کے ایک ایک زخم کو ٹٹولا۔ پھر یکایک اس کے بہت قریب سے کوئی ہولے ہولے سیف لوک گانے لگا اور اس نے چونک کر دیکھا۔ یہ جھٹکا گڈریا تھا۔ جو اس کے قریب ایک منہدم دیوار پر بیٹھا ہوا اس کی طرف دیکھے بغیر سیف لوک گا رہا تھا اور یکایک ساہد کا دل بھر آیا۔ اور اس نے اپنے دونوں ہاتھوں میں اپنا منہ چھپا

لیا اور گو اس کی آنکھوں سے ایک آنسو بھی نہ ٹپکا۔ لیکن اس کا سینہ خشک سسکیوں سے چھلنی ہو گیا۔

یہ رات اتنی کالی کیوں ہوتی ہے؟ اتنی گہری کیوں ہوتی ہے؟ اتنی خاموش کیوں ہوتی ہے؟ اتنی ناامید کیوں ہوتی ہے؟ کہیں کوئی پتہ کیوں نہیں کھڑکتا؟ کوئی گیدڑ بھی نہیں بولتا۔ اتنا اکیلا پن' اتنا سونا پن' اتنے بے کراں سناٹے کی بوجھل سل کو اپنے سینے پر لئے کوئی کیسے سو سکتا ہے۔ جب جوڑ جوڑ دکھتا ہو اور ہر زخم ہولے ہولے کراہتا ہو تو مجھے نیند کیسے آئے گی؟

ساجد چپ چاپ رات کے سناٹے اور اندھیرے میں اپنی آنکھیں کھولے اپنے بستر پر پڑا تھا۔ کبھی کبھی اس کی کوشش کے باوجود ایک دبی سی آہ یا کراہ اس کے سینے سے نکل جاتی۔ جانے کیا وقت ہو گا۔ ساجد نے آنکھیں کھولے کھولے سوچا۔ شاید رات کا دوسرا پہر ڈھل چکا۔ ان لوگوں نے اسے آج کھانا بھی نہیں دیا۔ شاید یہ بھی خان زمان کا حکم ہو گا۔ اس سے پہلے بھی اس نے کئی بار بار کھائی تھی۔ گو ایسی چار چوٹ کی مار نہ کھائی تھی مگر آج سے پہلے اس کا کھانا کسی نے بند نہ کیا تھا۔ بلکہ جس روز اسے مار پڑتی تھی۔ اس روز اسے دگنا کھانا ملتا تھا اور گو خان زمان نے اسے کبھی پیار نہیں کیا۔ کبھی اس کے سر پر ہاتھ نہیں پھیرا۔ لیکن مار والے روز وہ رات کے وقت خود اس کے کمرے میں آکر اسے دوسرے دن کے کام کے لئے ہدایات دے کر جاتا تھا اور ہدایات دیتے وقت کچھ عجیب متاسف نظروں سے اس کی طرف دیکھتا تھا ۔۔۔ اور بس اس سے زیادہ پیار شاید خان زمان کر ہی نہ سکتا تھا۔ یہ اس کے ضمیر میں بھی نہ تھا۔

مگر آج نہ کھانا ملا۔ نہ خان زمان ہی آیا اور ایک نوجوان آدمی کے لئے بھوکے پیٹ سونا بہت مشکل ہے۔

پھر آہستے سے اس کے کمرے کا دروازہ کھلا۔ حیرت ہے۔ کیسے اس نے

اپنے کمرے کے باہر کے لکڑی کے فرش پر کسی کے قدموں کی چاپ نہیں سنی۔ کوئی دبے پاؤں انتہائی چالاکی سے اندھیرے میں اس کے کمرے میں داخل ہو رہا تھا۔ ساجد نے اپنی سانس روک لی اور بستر پر اٹھ کر بیٹھ گیا' چوکنا اور ہر خطرے کے لئے تیار! پھر کسی نے دروازہ اندر سے بند کر دیا اور ساجد فوراً بستر سے اٹھ بیٹھا اور دیوار سے لگ کر کہنے لگا:

"کون ہے؟"

"میں ہوں!" ایک نسوانی آواز آہستہ سے بولی۔ اور وہ آواز سن کر جیسے ساجد کے جسم میں جان نہ رہی۔ جیسے اس آواز نے اک ڈورا سا بنا کر اس کے گلے میں پھندا ڈال دیا ہو۔ اور جواب میں ساجد کچھ کہہ نہ سکا۔ ایک اضطراری حرکت سے اپنے بستر پر گر گیا۔

پھر جیسے صدیوں کا لمبا فاصلہ طے کرکے اور کئی زندگیوں کے موڑ کاٹ کر کوئی اس کے بستر تک آیا اور اپنا سر اس کے پاؤں پر رکھ کر رونے لگا۔

"زینب! زینب!! یہ کیا کرتی ہو؟" ساجد نے حیرت آمیز لہجے میں کہا۔

"اس وقت آدھی رات کے وقت کیا کرنے آئی ہو؟"

"اپنا قصور تم سے بخشوانے آئی ہوں!" زینب سسکیاں لیتے ہوئے بولی۔

"کیسا قصور؟" ساجد نے بڑھتی ہوئی حیرت سے کہا۔

"پہلے تم معاف کر دو تو بتاؤں۔"

"تم بتاؤ تا۔"

"نہیں' تم پہلے معاف کر دو۔ کہہ دو۔ میں نے معاف کر دیا۔ تو میں بتاؤں۔ کہہ دو تا۔ میں نے معاف کر دیا۔" وہ اس کے پاؤں سے اپنے ہاتھ' اپنے ہونٹ اور اپنے سر کے بال لگاتے ہوئے بولی۔

ساجد کی سمجھ میں کچھ نہ آیا۔ مگر اس نے زینب کے اصرار پر کہہ دیا۔

اور قرآن کی قسم کھا کر کہ دیا کہ اس نے زینب کو معاف کر دیا۔ تب زینب نے رو رو کر اسے بتایا کہ اسی نے روزا کو آزاد کر دیا تھا۔ تاکہ صبحدم جب غلام زمان اصطبل کو خالی دیکھے اور اپنی چہیتی روزا کو غائب پائے تو ساجد کی خبر لے۔ کیونکہ روزا کی دیکھ بھال ساجد کے سپرد تھی۔

سب کچھ سن کر بھی ساجد چپ چاپ بیٹھا رہا۔ تو زینب نے گھبرا کر ساجد سے پوچھا۔ ”شاید تم نے مجھے معاف نہیں کیا؟“

”نہیں جب قرآن درمیان میں آگیا تو دل میں غصہ کہاں رہا۔“ ساجد نے بڑی سادگی سے کہا۔

اس کی آواز میں اتنا سچ تھا کہ زینب کی آنکھوں میں پھر آنسو آگئے۔ آہستہ سے بولی۔ ”کہاں ۔۔۔ کہاں ۔۔۔ چوٹ لگی ہے؟“

”روشنی کرکے دکھاؤں؟“ ساجد نے کہا۔

”نہیں۔ نہیں۔“ زینب گھبرا گئی۔ ”روشنی مت کرو۔ روشنی کھڑکی سے باہر جائے گی تو روشنی سب سے کہہ دے گی کہ میں یہاں ہوں اور تمہارے چاچا کو شبہ ہو جائے گا۔ میں تمہارے لئے گرم تگی اور ہلدی کی پوٹلیاں بنا کے لائی ہوں۔ مجھے بتاؤ کہ کہاں چوٹ لگی ہے۔ کہاں کہاں درد ہوتا ہے؟“

”اندھیرے میں کیسے دیکھو گی؟“

”تم ہاتھ کے اشارے سے بتاؤ۔“ زینب یہ کہہ کر اپنا ہاتھ ساجد کے مختنوں سے ذرا اوپر لے جاکر بولی۔ ”یہاں؟“

”نہیں!“

وہ اپنا ہاتھ تھوڑا سا اور اوپر لے گئی۔

”یہاں؟“

”نہیں!“

زینب کے ہاتھ جب ساجد کے بائیں گھٹنے کو ٹٹولنے لگے تو اس کے منہ

سے اس کے بھنچے ہوئے دانتوں سے زور کی 'سی' کی آواز نکلی۔ زینب اس کے گھٹنے کو ہلدی کی پوٹلی سے سینکنے لگی۔ ساجد اس اندھیرے میں نہ زینب کا چہرہ دیکھ سکتا تھا۔ نہ ہلدی کی پوٹلی۔ لیکن وہ اس آرام دہ حدت کو محسوس کر سکتا تھا۔ جو ہلدی کی پوٹلی سے اور ہلدی کی پوٹلی سے بھی زیادہ زینب کی چھوٹی چھوٹی انگلیوں سے اس کے رگ و ریشے میں سمائی جا رہی تھی۔ وہ خوشگوار غنودگی آمیز میٹھی میٹھی حدت' ساجد کو ایسا محسوس ہوا' جیسے زندگی بھر اس نے اسی بار کا انتظار کیا تھا۔ یہ نرم گرم ریشمی انگلیاں اپنی محبت کی پتلی سی زبان نکال کر کس طرح میرا درد چاٹتی ہیں۔ اپنی ننھی پوروں سے کس طرح درد کے بکھرے ٹکڑے جمع کرتی ہیں۔ تاکہ انسان پھر سے ایک ہو جائے۔ ہائے ..... ان مہین انگلیوں کی پتلی پتلی پوٹلیوں کے لمس میں کتنا کیف و کم ہے۔ گویا پہلے جہاں ایک زخم تھا وہاں اب صرف مرہم ہے!

بہت دیر کے بعد ساجد کو یاد آیا۔ کیونکہ انسان اپنی راحت میں سب کچھ بھول جاتا ہے تو اس نے زینب سے پوچھا:

"تم نے یہ کیوں کیا؟"

"ایسے ہی!" زینب کمزور لہجے میں بولی۔

"ایسے ہی کیسے؟"

"یونہی!" زینب پھر گول کر گئی۔

"اچھا!" ساجد نے انتہائی سادگی سے کہا۔ جیسے اسے زینب کی اس بات کا بھی اعتبار آچلا ہو۔ زینب کا دل اس "اچھا" کی معصومیت دیکھ کر پگھل گیا۔ متاسف انگیز لہجے میں بولی۔

"تم نے مجھے وہ پوٹلی پھر کیوں نہیں دکھائی تھی؟"

"کون سی پوٹلی؟"

"وہی کل رات والی تھیلی جو تم نے مجھے نہیں دکھائی تھی۔ میرے اصرار کرنے پر بھی نہیں دکھائی تھی۔ بلکہ چھپا لی تھی۔"

"تو اس تھیلی کی وجہ سے تم نے مجھے پڑایا؟"

"ہاں۔" زینب انتہائی کمزور آواز میں بولی۔

ساجد ہولے ہولے ہنسنے لگا۔

"کیوں ہنستے ہو؟"

ساجد نے کوئی جواب نہ دیا۔ وہ ہنستا چلا گیا۔ زینب خفا ہونے لگی۔ اس نے اس کے گھٹنے سے گرم گرم پوٹلی ہٹالی۔

ساجد بولا۔ "وہ تھیلی دیکھو گی؟"

"نہ ..... نہ ..... اب نہ دیکھوں گی' تمہاری ہیرے جواہرات والی تھیلی!" زینب نے آزردہ ہو کر کہا۔ "کم بخت اس تھیلی نے اتنا بڑا گناہ مجھ سے کرا دیا۔ رکھو اسے اپنے پاس۔"

ساجد نے اپنے تکیے کے نیچے سے ماچس کی ڈبیہ نکالی اور بولا۔ "میرے پاس ماچس کی ڈبیہ ہے۔ اسے لے لو اور دیوار سے لگی۔ پنجالی کے پیچھے بھرولی میں ہاتھ ڈال کر بیٹھے ہوئے مٹکے کے بیٹوں کے نیچے سے وہ تھیلی نکال کر لے آؤ۔"

"ماچس جلاؤں گی تو روشنی ہو جائے گی۔" زینب نے جواب دیا۔

"اتنی چھوٹی سی روشنی کون دیکھتا ہے؟"

زینب نے ماچس جلائی اور اس کی روشنی میں چار پائی سے اٹھ کر پنجالی تک گئی۔ پنجالی کو ہٹاتے وقت ماچس بجھ گئی۔ بھرولی میں دیکھنے کے لئے اس نے پھر ایک ماچس جلائی اور جب اسے تھیلی مل گئی تو پھر ماچس بجھ گئی تو وہ اس تھیلی کو اسی اندھیرے ہی میں ساجد کے پاس لے آئی اور بولی۔ "لو!"

ساجد نے تھیلی کو اندھیرے ہی میں ٹٹول کر کہا۔ "ہاں یہی ہے۔ اب تم

ماچس جلا کر اسے اچھی طرح سے دیکھ لو۔"

اندھیرے ہی میں ساجد نے تھیلی زینب کے ہاتھ میں دے دی اور زینب نے اسے ٹٹولتے ہوئے کہا۔ "کیا ہے اس میں؟ چھوٹے چھوٹے سے دانے معلوم ہوتے ہیں؟"

"موتی ہیں!"

نہیں؟" زینب بے حد اشتیاق سے بولی۔

"یقین نہ آئے تو خود دیکھ لو۔"

"تمہیں کہاں سے ملے؟"

"پہلے دیکھ کر اچھی طرح سے اطمینان کر لو تو بتاؤں گا۔"

زینب نے جلدی سے ماچس جلائی۔ ایک ہاتھ سے ماچس اٹھا کر دوسرے ہاتھ سے تھیلی کھول کر اس نے جلدی سے اندر دیکھا اور گھبرا کر بولی۔ "تم تو کہتے تھے موتی ہیں؟ یہ تو بنولے ہیں!"

ماچس بجھ گئی۔ کمرے میں پھر اندھیرا چھا گیا۔

ساجد بڑی سنجیدگی سے بولا۔ "ہیں تو بنولے۔ مگر موتیوں سے زیادہ قیمتی ہیں۔"

"وہ کیسے؟"

"تین سال پہلے کا وہ دن یاد کرو۔" ساجد ہولے ہولے کہنے لگا۔ "جب تم نے روئی کے کھیتوں میں پہلی بار نرمے کا پھول دیکھا تھا؟"

اور زینب کو ہولے ہولے سب یاد آیا۔

وہ ایک ایسا ہی دن تھا جیسے کھیتوں کے دوسرے دن ہوتے ہیں۔ پھر پنجاب کی تیز و خشک ہوائیں کی سروی سہانی دھوپ میں سموئی گئی تھی۔ ٹیرس نما کھیتوں میں روئی کی فصل چنائی کے لئے تیار کھڑی تھی۔ آسمان پر سفید بادل یوں تیر رہے تھے جیسے وہ روئی کے گالہ ہوں اور کھیتوں کے ڈوڈوں

سے روئی یوں نکلی پڑتی تھی جیسے وہ روئی کے ڈوڈے نہ ہوں' بادل کے
ٹکڑے ہوں یا برف کے گالے ہوں۔ تند ہوا سے کھیتوں میں کام کرنے
والے مرد اور عورتوں کے چہرے لال تھے۔ اس پر کھلی دھوپ کی گرمی سے
جسم میں اک عجیب سکنی سی گدگدی لہراتی تھی۔ زینب کو ایسا محسوس ہو رہا
تھا جیسے کسی انجانے مرد کے ہاتھ بار بار اس کے جسم سے چھو جاتے اور وہ
ایک عجیب خوشی اور خوف سے کانپ کانپ جاتی اور روئی چنتے چنتے وہ گھبرا کر
ادھر ادھر دیکھنے لگتی تو یکایک اسے اپنے ساتھ کام کرنے والی عورتوں کی
نگاہیں دیکھ کر احساس ہوتا کہ ہوا بلاشبہ ایک مرد ہے اور مرد سورج بھی ہے
اور وہ عورتیں نہیں ہیں۔ گھومتی ہوئی ناچتی ہوئی تتلیاں ہیں جن کے ہاتھ
میں انسان کی قسمت کی دھنکی ہوئی روئی سماج اور گھر اور خاندان کے نازک
پتلے اور پیارے ڈوروں میں تبدیل ہوتی جاتی ہے اور اسے اس دن کا وہ
گیت یاد آیا جب وہ اور دوسری عورتیں ہوا کی اٹھکیلیوں سے اٹھلا کر گیت
گانے لگی تھی ۔۔۔۔۔۔

مائی   میرا   پونی   پونی

میں   اوہدی   کلی!

آج سب عورتوں کے سر ننگے تھے۔ آج انہوں نے اپنے دوپٹوں کے
جھولے بنا کر اپنی گردن میں ٹانک لئے تھے اور آج ان کے سر ننگے تھے اور بال
الجھے ہوئے تھے اور ان کی زلفوں میں روئی کے گالے الجھے ہوئے تھے اور ان کی
چاندی کی بالیوں میں روئی کے لچھے تھے اور ان کے گلے کی ہنسلیوں میں روئی کے
پھول لٹکے ہوئے تھے۔ آج وہ بادل کی پریاں تھیں۔ جو دھرتی کی سپید خوشی چننے
کے لئے کھیتوں میں اتر آئی تھیں اور ناشے کی آواز پر گا رہی تھیں۔

مائی   میرا   بدل   دا   ٹوٹا

آئیوں   چن   لیواں!

وہ گا رہی تھی اور اس کے ہاتھ دوسری عورتوں کی طرح ایک ان دیکھی انجانی تقریباً مشینی حرکت سے روئی کے پودوں کے کھلے ہوئے ڈوڈوں سے روئی چننے میں مصروف تھے۔ ایک لمحہ پہلے یہ پودا روئی کے پھولوں سے لدا پھندا کھلی دھوپ میں ایک فوارے کی طرح ہنستا نظر آتا۔ چند لمحوں کے بعد روئی چن کر دوپٹوں میں بھر لی جاتی تھی۔ ڈوڈے خالی ہو جاتے اور ان کے ستارے نما کنارے کسی بیوہ کی آنکھوں کی طرح ویران دکھائی دینے لگتے۔ اور زینب وقت اور فاصلے اور عمر کی طرح آگے بیوہ جاتی جہاں دوسرا خوشنما پودا اپنے ہاتھوں میں روئی کی پھلجھڑیاں اٹھائے اس کا خیر مقدم اور اپنی زندگی کا انجام پورا کرنے کے لئے موجود تھا اور زینب کے دل میں خیال آیا کہ اگر اس کا انجام بھی روئی کے پودے کی طرح ہوتا تو وہ کیسی خوش قسمت ہوتی۔ اگر اس کا مالی کوئی ایسا ہوتا جو ہوا کی طرح کھلا اور سورج کی طرح روشن ہوتا تو وہ اپنے حسن کی آخری روئی اس کی آغوش میں ڈال کر اپنے آپ کو خالی کر دیتی اور اس کے بچوں میں جیتی اور اس کے بچوں کی لوری میں اپنے آپ کو گم کر دیتی۔ وہ بچے جو سفید موتی کی طرح بے داغ' نرم اور معصوم ہوتے ہیں۔

مگر خان زمان کا چہرہ ذہن میں آتے ہی اس کا گیت اس کے حلق میں پھنس گیا۔ اس کی آنکھوں میں آنسو بھر آئے اور وہ روئی چنتے چنتے کچھ آگے سوچ نہ سکی۔ اور روئی سے بھرے ہوئے دوپٹے کو سنبھالتے سنبھالتے وہیں کھیتوں میں کھڑی کی کھڑی رہ گئی۔

دوسرے لمحے میں اس نے دیکھا کہ ساجد دوڑتا ہانپتا کانپتا خوشی اور اشتیاق سے اپنی باچھیں کھلائے اس کی طرف بھاگتا چلا آرہا ہے۔ اور وہ حیرت اور دلچسپی سے اس کی طرف دیکھنے لگی۔ اس کا سینہ کس قدر چوڑا ہے۔ گردن کس طرح اوپر اٹھی ہوئی ہے۔ بال کیسے الجھے ہوئے ہیں۔ دانت

کیسے سپید اور متناسب ہیں۔ ہاتھیں مضبوط ڈال کی طرح کیسے جھومتی چلی آرہی ہیں۔ اس کے آگے وہ اور کچھ نہ سوچ سکی۔ اندر ہی اندر پگھلنے لگی۔ یکایک ساجد بالکل اس کے قریب آکر ٹھٹھک کر کھڑا ہو گیا اور زینب نے دیکھا کہ اس کے ہاتھ میں ایک پھول ہے۔

"کیا ہے؟ اتنے خوش کیوں ہو؟" زینب نے پوچھا۔

ساجد نے پھول آگے بڑھا کر کہا۔ "یہ دیکھو!"

یہ نرے کا پھول تھا۔ عام طور پر روئی کے کھیتوں میں سپید روئی کے پھول ہی نظر آتے ہیں۔ لیکن کوئی کوئی پھول خاکی رنگ کا بھی ہوتا ہے اور بہت گھٹیا سمجھا جاتا ہے۔ پھر کوئی کوئی پھول ایسا ہوتا ہے جو ہوتا تو خاکی ہے لیکن ٹسر ریشم کی طرح ملائم اور نازک ہوتا ہے۔ پورے کھیت میں دو چار پودے اس قسم کے پھولوں کے کل آتے ہیں۔ لیکن یہ پھول جو ساجد کے ہاتھ میں تھا۔ بے حد نایاب ہوتا ہے اور کسی فصل میں کسی کھیت کے اندر اکا دکا الٹا ہے۔ یہ ٹسر کی طرح خاکی رنگ کا نہیں ہوتا ہے بلکہ روئی ہی کی طرح سفید ہوتا ہے۔ لیکن اس کے نازک ملائم ریشے روئی کے پھول سے سوگنا زیادہ ملائم اور چمکدار ہوتے ہیں۔ اسے نرے کا پھول کہتے ہیں۔

"کہاں سے ملا؟" زینب تو اس پھول کے حسن کو دیکھتی ہی دیکھتی رہ گئی۔ اس پھول کی سپیدی میں ایک ہلکی سی نیلی چمک بھی تھی۔ کچھ سمگوں، کچھ نیلگوں، جیسے اس پھول کے ہر رگ و ریشے کو چاندنی نے کترا ہو۔ اور آسمان کی جھیل میں ڈبو کر رکھا ہو۔ جیسے اس کے ملائم لچھوں کو روئی کے پودے سخت دندانے دار ڈوڈوں نے نہیں ریشم کے کیڑوں نے چاندنی کھا کر بنا ہو۔ ایسی سحر آمیز رنگت تھی اس نرے کے پھول کی!

"ہائے اگر ایسے پھولوں سے میری جھولی بھر جائے ....." زینب بے اختیار کہہ اٹھی۔

ساجد نے پوچھا۔ "تو تم کیا کرو؟"

"میں کیا کروں؟" زینب فرطِ مسرت سے سوچتے ہوئے اور بچوں کی طرح اپنی آنکھیں بند کرتے ہوئے بولی۔ "میں اس کا سوت کات کے اپنے لئے ایک ایسی اوڑھنی بناؤں ..... ایسی اوڑھنی! ..... ایسی اوڑھنی ..... جو اس دنیا کی کسی ملک کے پاس بھی نہ ہو گی۔"

"ہاں۔" ساجد نے خوابیدہ نظروں سے زینب کی طرف دیکھ کر کہا۔ "ایسی اوڑھنی کسی ملک کے پاس نہ ہو گی۔"

زینب نے اداس ہو کر نرے کا پھول واپس کرتے ہوئے کہا۔ "لے جا تو اپنے پھول کو مجھے اچھا نہیں لگتا۔"

"کیوں؟"

"بس ایک ہی تو ہے!"

ساجد نے سر جھکا کر وہ پھول واپس لے لیا۔ اس طرح جیسے اس سے کوئی بڑی غلطی سرزد ہو چکی ہو۔ پھر وہ آہستے سے گھوم گیا۔ کچھ کے بغیر اتنی ہی تیزی سے لوٹ گیا۔ جتنی تیزی سے وہ آیا تھا۔

پھر ڈھول تاشوں کی ایک تیز آواز زینب کے کان میں آئی اور وہ چونک کر پھر پھول چننے لگی۔

اور اب ساجد کہہ رہا تھا۔

"یہ بھولے نہیں ہیں۔ نرے کے پھولوں کے بیج ہیں۔ میں نے اس پھول کو دوسرے پھولوں کی روئی میں نہیں ملا دیا تھا۔ جیسے کسان ہمیشہ سے کرتے چلے آئے ہیں۔ میں نے اس پھول کو الگ رکھ لیا تھا اور اس سے بھولے نکال کر اس تھیلی میں ڈال دیے تھے۔ اگلے سال میں نے ان بیجوں کو بڑی احتیاط سے کھیت کے ایک طرف بو دیا اور پھر ان سے جو بیج نکلے۔ انہیں اگلے سال دو تین کھیتوں میں مختلف جگہ بو دیا۔ تاکہ کسی کی ان پر نظر نہ

پڑے۔ پھر پچھلے سال اور یہ سال پیدا ہوئے اور اس سال تو میرے پاس اتنے بیج ہیں کہ میں انہیں ایک پورے کھیت میں بو سکتا ہوں۔"

"میرے کھیت میں بو کر کیا کرو گے؟" ساجد کو زینب کی آواز اپنے بہت قریب آئی ہوئی معلوم ہوئی۔

"میں اس کھیت کے سارے پھول تمہاری جھولی میں ڈال دوں گا۔"

"کیوں؟" ساجد کو زینب کی آواز اور اس کی تیز تیز سانس اپنے رخساروں کو چھوتی ہوئی محسوس ہوئی۔

"تمہارے سر کی چادر کے لئے ...... ملکہ کی اوڑھنی کے لئے ..... یاد ہے ..... میں تمہیں بتانا نہیں چاہتا تھا ...... میں چاہتا تھا کہ تم اپنی آنکھوں سے سارے کھیت کو نرے کے پھولوں سے جگمگاتا دیکھ لو ....."

"ہائے! تو تم نے میری اس چادر کے لئے اپنی ہڈی پسلی تڑوا لی؟؟" زینب بالکل اس کے قریب آکر دھیرے سے بولی۔ اور پھر کوئی جواب نہ پاکر ساجد کی بانہوں میں گر گئی اور ساجد نے گھبرا کر کہا:

"ماچس جلاؤ۔"

"نہیں اب تو بہت روشنی ہے!" وہ اس کے سینے سے لگی لگی بولی۔

پانچواں باب

دوسرا دن نہایت خاموشی سے گزرا۔ ساجد اپنے کمرے سے باہر نہیں نکلا۔ دن بھر اپنے زخم' چوٹیں اور نیل سینکتا رہا۔ خان زمان اسے دیکھنے کے لئے نہیں آیا' چاچا کی بدصورت بیٹی اس کے آگے کھانا ٹھیک گئی۔ مجلی اس کے دروازے سے سلام دعا کئے بغیر گزر گئی اور زینب کا بھی کہیں پتہ نہ تھا۔ وہ دن بھر اس کے دروازے کے قریب نہیں پھٹکی۔ مگر ساجد کو کسی بات کا ملال نہ تھا۔ نہ اپنے چاچا سے مار کھانے کا کوئی افسوس تھا۔ وہ دن بھر بڑے اطمینان سے گرم گرم گھی اور ہلدی سے اپنی چوٹیں سینکتا رہا اور گیت گنگناتا رہا اور خان زمان اپنے دوسرے کمیت مزدوروں اور مزارعوں کے ساتھ کھیتوں میں اپنی چاروں بیویوں کے ساتھ کام کرتا رہا حتیٰ کہ دن ڈھل گیا اور شام آگئی اور بچھڑے گایوں کو آواز دینے لگے اور ننھے ننھے بچھونے

اور مہینے تھک کر گذریوں کی مہربان بانہوں میں سونے لگے اور پہاڑی راستوں سے گاؤں کی عورتیں پانی کے گھڑے سر پر اٹھائے واپس گھروں کو جانے لگیں، اور جب شفق کا آخری ڈورا ڈھلکی سے دھل گیا۔ اور آخری گڈریا اپنا گلہ لے کر گردو غبار اڑاتا ہوا نکل گیا۔ اور جب زینب کی انکھڑیوں میں اور بنفشے کی پنکھڑیوں میں رات کا خمار ڈولنے لگا۔ جب زینب نے تھک کر انگڑائی لی اور بنفشے کے پھولوں نے اپنی آنکھیں موند لیں اور آلوچے کے نیچے بچھے ہوئے گہرے سبزے پر وہ سو گئے تو خان زمان نے کھیتوں میں کام بند کر دیا۔ یہ دن بہت سے دوسرے دنوں کی طرح کام کا دن تھا اور محنت کا دن تھا اور خاموشی سے انسان کے بیتے کو مٹی میں گلا کر فصل کے انتظار کا دن تھا۔ جیسے کہ دوسرے تمام دن ہوتے ہیں۔ جب ذرا ذرا کر کے کسی امید کے تصور میں انسان اپنے درد کی محراب بلند کرتا ہے جو ایک کے لئے محنت ہے تو دوسرے کے لئے منافع ہے۔ تیسرے کے لئے کمیشن ہے تو چوتھے کے لئے فاقہ ہے۔ یہ دن اور وہ دن اور دوسرے وہ تمام دن جو اپنے بیتنے میں ہزاروں نا آسودہ حسرتیں لئے تاریخ کی پہنائی میں ڈوب جاتے ہیں! ایسے دنوں میں جب بظاہر کچھ نہیں ہوتا۔ پھر بھی کسی بیتے میں نہاں کہیں اک امید اگتی ہے۔ یہ دن بھی ایک ایسا ہی دن تھا۔ اس دن کچھ نہیں ہوا۔ لیکن جب رات آئی۔ اور دسترخوان پر کھانا لگ گیا اور خان زمان اپنی کانفرنس والی مقررہ جگہ پر بیٹھا، اور اس کی چاروں بیویاں اپنی اپنی مقررہ جگہ پر بیٹھ چکیں اور مدی اور پھاتاں کھانا لگانے لگے، تو سب کو یہ دیکھ کر بڑی حیرت ہوئی کہ آج زینب وہی کھا رہی تھی اور اسے ابکائی نہیں آ رہی تھی اور وہ اس کی باس کے سامنے نہ شرمندہ نہ مجبور تھی۔ نہ اس کی کھٹاس کو ناپسند کرتی تھی۔ وہ وہی کھا رہی تھی۔ بڑے ذوق اور شوق سے اور اسی رغبت سے جس طرح وہ اپنے بچپن میں اپنے باپ کے گھر وہی کھایا کرتی

تھی۔ اور یہ عجیب و غریب واقعہ خان زمان نے اپنی آنکھوں سے دیکھا اور چونک گیا۔ اور مدی اور چاتاں حیرت میں رہ گئے اور خان زمان کی تینوں بیویوں کے دل دہشت سے بیٹھ گئے۔ یہ کیسی انہونی بات تھی اور اس کا کیا مطلب تھا۔ اور ان تینوں نے غور سے زینب کی طرف دیکھا' جو بڑے مزے سے دہی کھا رہی تھی۔ اور پھر ان تینوں کی آنکھوں ہی آنکھوں میں کچھ اشارے ہوئے۔ جیسے جادو کی چڑیلیں منتر پھونکنے سے پہلے آپس میں اشارے کیا کرتی ہیں۔ مگر آج زینب بڑے اطمینان سے دہی کھا رہی تھی اور مسکرا رہی تھی' کیونکہ محبت پر کسی کا جادو نہیں چل سکتا!

چھٹا باب

اللہ داد بڑھئی کے مکان سے ذرا آگے چل کر ایک شکلٹ نما پتھرلی سطح مرتفع گھٹائی سے دو تین سو گز آگے کو نکل گئی تھی ۔ یہاں کھیت نہ تھے۔ یہاں پر غازی میاں کا مزار تھا اور مزار پر چھوٹی بیروں کا ایک گھنا سا جھنڈ تھا۔ مزار کے چاروں طرف پتھروں کی ایک چھوٹی سی دیوار چن دی گئی تھی۔ کوئی دو فٹ اونچی۔ اور داخل ہونے کے لئے خان زمان نے ایک محراب دار دروازہ بھی تعمیر کرا دیا تھا۔ کیونکہ اسے غازی میاں پر بہت اعتقاد تھا۔ اسے اس بات کا کامل یقین تھا کہ اسے اس دنیا میں جس طرح کی ترقی بھی حاصل ہوئی ہے۔ اس میں غازی میاں کی کرامت کو بہت دخل ہے۔ اس لئے جوں جوں خان زمان ترقی کرتا گیا۔ اس مزار کی حالت بھی بہتر ہوتی گئی۔ پہلے بیروں کے جھاڑ کے نیچے صرف ایک قبر تھی۔ جہاں گاؤں کی عورتیں منتیں

مانا کرتی تھیں۔ پھر اس قبر پر سبز چادر چڑھنے لگی۔ پھر اس مزار کے ارد گرد چھتوں کی ایک دیوار چن دی گئی۔ بیروں کے اوپر ہر سال سبز علم لہرانے لگا۔ پھر محراب دار دروازہ بنایا گیا۔ پھر ایک بار خان زمان جو کوہالے گیا تو بدلو شاہ مجذوب کو ساتھ لے آیا اور بدلو شاہ نے غازی میاں کے مزار کی باقاعدہ مجاوری شروع کر دی۔ ہر جمعرات کو خان زمان کی طرف سے مزار پر نیاز دی جاتی تھی۔ مہینے میں ایک بار دیگ چڑھتی تھی۔ اس کے علاوہ روز کے لوبان اور مجاور کے روزمرہ کا خرچ بھی خان زمان کے ذمے تھا۔ جس طرح سے اس کے گھر کے قریب کا پانی کا چشمہ جو کبھی سارے گاؤں کا تھا اور اب صرف اسی کا ہو کر رہ گیا تھا۔ اسی طرح سے غازی میاں کا یہ پرانا مزار بھی اسی کا ہو گیا تھا۔ ظاہر ہے اس پر وہ چشمے کی طرح اپنی ملکیت نہ جتا سکتا تھا۔ گاؤں کے دوسرے مرد اور عورتیں اب بھی اسی مزار پر آتے تھے اور منتیں مانگتے تھے اور نذر نیاز دیتے تھے۔ لیکن اس بات کو اب تسلیم کرنے لگے تھے کہ اس مزار سے خان زمان کا کچھ ایسا خصوصی تعلق ہے جو شاید کسی دوسرے کو حاصل نہیں ہو سکتا۔ اسی لئے جب خان زمان اور اس کے گھر کے لوگ منت ماننے کے لئے، دعا کرنے کے لئے، فاتحہ پڑھنے کے لئے، نیاز دینے کے لئے غازی میاں کے مزار پر آتے تو گاؤں کے دوسرے لوگ خود بخود پیچھے ہٹ جاتے۔ اگر ان کا بس چلتا تو وہ اپنی آرزوؤں کو کسی دوسرے مزار پر لے جاتے۔

یوں بھی ان کی آرزوئیں تو الگ تھیں اور شاید خان زمان کی آرزوؤں کے خلاف تھیں۔ مگر کیا کریں؟ وہ لوگ بھی مجبور تھے۔ اس گاؤں میں پانی کے چشمے تو بہت تھے۔ لیکن غازی میاں کا ایک ہی مزار تھا۔ اس لئے وہ یہاں آنے پر مجبور تھے۔

مزار کی چار دیواری سے باہر ایک چھوٹا سا چترپلا میدان تھا جسے کوٹ

کوٹ کر گاؤں کے لڑکوں نے اپنے کھیلوں کے لئے ہموار کر لیا تھا اس میدان کے چاروں طرف چھوٹی بڑی چٹانیں ابھری ہوئی تھیں اور ان کے سایوں میں چھوٹی چھوٹی جھاڑیاں اگی ہوئی تھیں۔ اس سلسلۂ مرتفع کی آخری مثلث نما نوک پر چیڑھ کا ایک بڑا درخت کھڑا آسمان سے باتیں کرتا تھا اور اس چیڑھ کے درخت کے قریب کھڑے ہو کر جو کوئی بھی دیکھتا اسے نیچے سرکاری رکھ کے جنگلات اپنے سبز سائے ڈھائی تین ہزار فٹ نیچے زمین پر پھیلائے ہوئے نظر آتے اور اوپر دور پرے پیر پنجال کی بلند و بالا چوٹیوں پر برف چمکتی ہوئی نظر آئی۔ سردی ہو یا گرمی' پیر پنجال کی یہ چوٹیاں ہمیشہ برف کی ٹوپی پہنے رہتی ہیں۔

جس روز خان زمان نے ساجد کو پیٹا تھا۔ اس سے اگلی جمعرات کو زینب خان زمان کی نیاز لے کر مزار پر آئی۔ اس کے ساتھ سوہنی تھی جس نے نیاز کا خوان اٹھا رکھا تھا۔ پتھری کی دیوار پر ایک طرف جھکا گذریا اکڑوں بیٹھا بدلو شاہ مجذوب کے ساتھ چرس کا دم لگا رہا تھا۔ زینب اور سوہنی کو آتے دیکھ کر مجذوب نے چلم ایک بڑے پتھری کی اوٹ میں رکھ دی اور چپ چاپ کھڑا ہو کر زینب کی طرف دیکھنے لگا۔

فاتحہ پڑھ کر ' پھول بتاشے چڑھا کر' لوبان جلا کر' مجذوب کو دو روپے دے کر جب وہ خان زمان کی نیاز سے فارغ ہو چکی تو پھر چند قدم پیچھے ہٹ کر اور قبلہ رو کھڑے ہو کر اس نے کچھ اپنے لئے سوچا اور ڈرتے ڈرتے غازی میاں سے کچھ اپنے لئے مانگا۔ اور جو اس نے مانگا اور جو چاہا وہ اتنا غلط تھا۔ خود اس کی نگاہ میں اتنا بڑا گناہ تھا' ابھی تک اس کے ذہن میں کہ اسے ڈر لگا کہیں غازی میاں چیکے سے خان زمان کو اس کے دل کا راز اور اس کی روح کی خواہش نہ بتا دیں۔ ایک لمحے کے لئے وہ سرے سے پاؤں تک لرز گئی۔ مگر اب کیا ہو سکتا تھا۔ تیر کمان سے نکل چکا تھا۔ اس نے اپنے دل کے اندر

کی خواہش جس پر شرم اور حیا' سماج اور قانون اور مذہب نے ہزار پردے ڈالے تھے۔ غازی میاں کے سامنے رکھ دی تھی۔ اب آگے غازی میاں جانے! ۔۔۔ اگر غازی میاں اس کے دل کی بات پوری کر دیں گے۔ تو وہ راولپنڈی سے ریشم کی ایک بڑی چادر منگائے گی اور گیارہ روپے کی نیاز بھی دے گی اور چادر بھی چڑھائے گی۔ ایسا اس نے منت مانتے وقت سوچ لیا ۔۔۔۔۔

منت مان کر جب وہ اور سوہنی دونوں مزار سے لوٹنے لگیں' تو مجذوب نے کڑک کر کہا ۔۔۔۔۔ ”ہا دل ۔ مزکا! ہا!! دل ۔ مزکا سالی کا!!“

مجذوب نے اتنے زور سے کہا کہ زینب کا دل چچ کچ کانپ گیا اسے ایسا محسوس ہوا جیسے کسی نے اس کے دل کی چوری پکڑ لی ہو۔

زینب نے ایک لمحے کے لئے گھبرا کر مجذوب کی طرف دیکھا۔ پھر سر جھکا کر محراب سے باہر نکل گئی۔ اس کے ساتھ ساتھ خالی برتن اٹھائے سوہنی چلی آرہی تھی۔ جب وہ دونوں مزار سے کافی دور نکل گئیں تو سوہنی نے پوچھا۔

”بی بی تو نے کیا منت مانی؟“

زینب نے پوچھا۔ ”تو نے کیا مانی؟“

”میں تو جھکے کو دیکھتی رہی!“

”جھکے گذر رہے کو؟ کیوں؟ کیا تجھے بہت اچھا لگتا ہے؟“

”ہاں بی بی۔ مگر کسی سے کہنا نہیں! میں تو جب یہاں آتی ہوں۔ غازی میاں سے یہ مانگتی ہوں کہ میری شادی جھکے سے ہو جائے۔ ہر جمعرات کو میں یہاں آتی ہوں۔ ہر جمعرات کو جھکا مجھے یہاں ملتا ہے مگر مجھ سے بات نہیں کرتا۔“

”تم سے وہ کیوں بات کرے؟“ زینب نے شرارت سے سوہنی سے

پوچھا۔ سوہنی آہ بھر کر بولی۔ "اچھا مجھ سے نہ بات کرے۔ میرے باپ ہی سے بات کرلے!"

بے وقوف سوہنی کی بات پر زینب کو دیر تک ہنسی آتی رہی۔ آخر جب اس کی ہنسی بند ہوئی تو سوہنی نے پھر پوچھا:

"تم نے کیا منت مانی بی بی؟ ضرور اپنے لئے بچہ مانگا ہو گا۔ بس ایک بچہ تمہیں چاہئے۔ ورنہ اور کس بات کی تمہیں کمی ہے!" سوہنی نے سوال کرکے خود بخود اس کا جواب بھی دے دیا۔

زینب اپنے سینے میں اٹھتی ہوئی آہ کو دباتے ہوئے بولی:

"میں نے وہ منت مانی ہے سوہنی! جو کبھی پوری نہیں ہو سکتی!"

بیوقوف سوہنی حیرت سے زینب کی طرف دیکھنے لگی۔ اس کی سمجھ میں کچھ نہیں آیا۔۔۔۔ "بھلا ایسی کون سی منت ہو سکتی ہے جو غازی میاں پوری نہیں کر سکتے۔ یہ تو کفر ہے بی بی ۔ کفر مت بولو۔"

پیچھے مزار کے محراب سے لگا اپنے دونوں ہاتھوں میں چلم دبائے مجذوب ایک زور کا کش لگا کر چیخا۔ "ہا۔ دل دھڑکا! دل دھڑکا سالی کا!!"

زینب کے سارے بدن میں ایک جھر جھری سی آئی اور اس نے تیزی سے اپنے قدم گھر کی جانب بڑھائے۔

ساتواں باب

دن بیتتے گئے۔ ساجد کے زخم اچھے ہو گئے اور وہ پھر سے کھیتوں میں کام کرنے لگا۔ اور روزا کی دیکھ بھال کرنے لگا۔ لیکن اب وہ کچھ افسردہ اور اداس سا رہنے لگا اور بخلاف اس کے زینب کی رنگت نکھر آئی تھی۔ اس کا موڈ بہتر ہو گیا تھا۔ اب اس کے قہقہوں میں زیادہ چمک تھی اور نگاہوں میں زیادہ شرارت تھی۔ اب وہ یوں بات کرتی تھی جیسے اس کے دل میں ہر لحظہ پھول سے کھل رہے ہوں۔ خان زمان کو اس کی یہ ادائیں بہت پسند آنے لگی تھیں۔ پسند تو اسے وہ پہلے بھی تھی مگر اودھر کچھ عرصے سے زینب کی اداؤں کی دلکشی اس قدر بڑھ گئی تھی کہ اگر وہ اصول کا پکا نہ ہوتا تو باقی بیویوں کی راتیں کاٹ کر بھی زینب کو دے دیتا مگر خان زمان آہنی اصولوں کا آدمی تھا۔ اس نے بچپن ہی سے اپنے دل کو دبانا' اپنے لہوں کو بجھنا اور اپنی

مٹھی کو بند رکھنا سیکھ لیا تھا۔ شاید اس کی کامیابی کا راز بھی اسی میں تھا۔ ساجد کو سزا مل چکی تھی۔ لہٰذا ساجد کے لئے اب اس کے دل میں کسی قسم کا غصہ نہ تھا۔ لیکن اسے یہ دیکھ کر بڑی حیرت ہوئی کہ اس واقعہ کے بعد سے زینب ایک طرح سے ساجد سے نفرت کرنے لگی تھی۔ جا بجا وہ اس کا مذاق اڑواتی۔ اس پر آوازے کستی۔ اس کے کام میں نقص نکالتی۔ خان زمان سے اس کی چغلی کھاتی۔ طرح طرح سے اسے پریشان کرنے میں لگی رہتی۔ خان زمان نے زینب کو کئی بار سمجھایا کہ ساجد کو اس طرح سے پریشان کرنا ٹھیک نہیں ہے۔ اگر اس سے ایک بار غلطی ہو گئی تو بار بار اسی قصے کو دہرا کر اسے نالائق ثابت کرنا کسی طرح سے درست نہیں ہے۔ جب کہ ساجد کو اس کے کئے کی سزا بھی مل چکی ہے تو پھر اس کے لئے اپنے دل میں کسی طرح کا بغض رکھنا کسی طرح مناسب نہیں ہے۔

مگر زینب نے اپنا رویہ برقرار رکھا۔ اگر ان معاملوں میں کوئی ہوشیار آدمی ہوتا تو زینب کی نفرت کے صحیح معنی سمجھنے کی کوشش بھی کرتا مگر وہ تو خان زمان تھا۔ حاکم اور مالک اور اپنے گاؤں کا سب سے بڑا زمیندار اور بادشاہ بلکہ خدا۔ خدا کا حکم تو ٹالا جا سکتا ہے مگر خان زمان کا حکم کون ٹال سکتا تھا۔ اپنی بہادری اور پامردی کے زعم میں وہ کسی جوان سے جوان آدمی کو خاطر میں لانے کے لئے تیار نہ تھا۔ قوت اور استقامت کا جو آہنی حصار اس نے اپنے گاؤں کے چھوٹے سے سماج میں کھینچ رکھا تھا۔ اس نے اس کے دل میں اس شبے کی کوئی گنجائش ہی باقی نہ رہنے دی تھی کہ کوئی عورت اس کے سوا کسی دوسرے مرد کو بھی چاہ سکتی ہے۔ اگر اس کے دل میں ذرا سا بھی شبہ ہوتا۔ حالات نے ذرا سی بھی گنجائش باقی ہوتی تو وہ زینب کے بدلے ہوئے انداز کا مفہوم جاننے کی کوشش کرتا۔ اس نفرت کی پرتیں کھول کر دیکھتا یا اس جذبے کی تہ میں جانے کی کوشش کرتا۔ جس کا اظہار شب و

روز زینب کی ناپسندیدگی کی صورت میں ہوتا رہتا تھا۔ مگر وہ اپنے آپ میں اس قدر ڈوبا ہوا تھا' اپنے اوصاف حمیدہ کا اس قدر عاشق تھا' اپنی فوقیت اور برتری کا اس قدر قائل تھا کہ اس کی نگاہ زینب کی ناپسندیدگی اور نفرت کی بیہونی سطح سے بھجملتی ہوئی گذر گئی۔ اس نے اس ناپسندیدگی کو ناپسندیدگی ہی سمجھا اور نفرت کو نفرت ہی جانا۔ وہ یہ بھول گیا کہ راکھ کی بجھی ہوئی سطح کے نیچے سرخ انگارے بھی پنہاں ہوتے ہیں اور جب پانی کو راستہ نہیں ملتا تو وہ چٹانوں کے نیچے سے ہو کر بہتا ہے!

اس بلند و بالا گاؤں کے ایک طرف نچلی گھاٹیوں پر سرکاری رکھ کے جنگل تھے تو دوسری طرف کی پہتیوں پر نواز خان ٹھیکے دار کے جنگلات تھے اور نواز خان اور خان زمان کی ایسی دوستی تھی۔ جس میں دوستی کے احساس سے زیادہ ایک دوسرے کی غرض کو پورا کرکے اس سے مالی فائدہ اٹھانے کا خیال زیادہ ہوتا تھا۔ یعنی یہ ایک ایسی دوستی تھی جیسے دو بڑے آدمیوں میں اکثر ہوا کرتی ہے۔ جب نواز خان کے جنگلوں میں کٹائی اور کٹائی کے بعد ڈھلائی کا کام شروع ہوتا تھا تو اس میں خان زمان کے گاؤں کے لوگ خان زمان ہی کے توسط سے کام پر بلائے جاتے تھے اور کام کی مزدوری بھی خان زمان ہی کو ادا کی جاتی تھی۔ جس میں سے آدمی رقم ،، اپنے لئے رکھ لیتا تھا اور آدھی گاؤں والوں میں بانٹ دیتا تھا۔ جس میں سے اکثر تو کھیت مزدور تھے۔ جو صرف اس کے ٹکڑوں پر پلتے تھے اور کچھ اس کے مزارع تھے۔ وہ بھی کسی طرح کی چیں نہ چڑھ نہ کر سکتے تھے۔ باقی جو خود کاشت کار تھے۔ وہ اس لئے خان زمان سے خائف رہتے تھے اور اس کے سامنے نہ بولتے تھے کہ اگر انہوں نے پوری مزدوری مانگی تو اگلی بار خان زمان انہیں کام پر نہیں بلائے گا۔ اس لئے احتجاج کرنے سے فائدہ کیا ہے۔ نقصان ہی نقصان ہے!

جنگل کی کٹائی کا کام تو خیر بہت مشکل تھا۔ اس میں ایک گاؤں نہیں

بلکہ دس گاؤں کے آدمی آتے تھے اور خود نواز خان کے اپنے مستقل کارندے اور ملازم بھی شامل رہتے تھے۔ پھر جنگل سے ندی تک کی ڈھلائی کے کام میں بھی سب شریک رہتے تھے۔ لیکن جہاں سے سون ندی شروع ہوتی تھی، جنگل کے اس حصے سے لے کر پانچ میل نیچے رنگ پور گاؤں تک ندی پر شہتیروں کی ڈھلائی کا کام خان زمان کے ذمے تھا۔ وہی اس کا مستقل ٹھیکے دار تھا۔

سون ندی یہاں پر تو بہت چھوٹی سی تھی۔ اس لئے ان پانچ میلوں میں ڈھلائی کا کام بہت مشکل تھا۔ رنگ پور کے قریب پہنچ کر اس میں رمجھو کا نالہ بہت زور سے آکے ملتا تھا اور یہاں سے ایک خطرناک اترائی شروع ہو جاتی تھی۔ جہاں پانی کی روانی بہت تیز ہو جاتی تھی۔ نیچے جاکر پانی کا پاٹ پھیل جاتا تھا۔ پھر چند میل آگے جاکر دھگڑو کا نالہ اس میں مل جاتا تھا۔ پھر آسونج کا نالہ، اس طرح سے راستے کے بہت سے چھوٹے چھوٹے ندی نالے سمیٹتے ہوئے جب سون کوہالے کے قریب جہلم میں داخل ہوتی تو اس کا پاٹ اتنا چوڑا ہو تا کہ اس کا پانی بہت غرور سے شور مچاتا، اٹھلاتا اور جھاگ اڑاتا۔ مگر جہلم کے گہرے دھاروں میں مل کر یکایک اس کی ساری مستی اور شرارت یوں گم ہو جاتی جیسے کوئی شوخ حسینہ کسی مضبوط مرد کی بانہوں میں آجائے۔ ناری اور ندی کی چنچلتا جو ہے وہ دراصل ایک طرح کی چاہت ہے۔ کسی گہرے گمبھیر مرد یا دریا کے لئے ......

بہار آکے چلی گئی تھی۔ گرمیوں کے آخری دن بھی جانے والے تھے۔ ندی کنارے میوہ دار درختوں کے سارے پھل توڑ لئے گئے تھے۔ پہلے آلوچے گئے، پھر خوبانیاں، پھر آڑو اور ناشپاتیاں، آخر میں سیب۔ اب صرف نارنجی رنگ کے کنے گلگل اور پیلے پیلے کیمب باقی تھے، اور زینب کو ان کی مہکتوں سے ملتی جلتی خوشبو بہت پسند تھی۔

دو دن پہلے ایک گھٹا آکے برس گئی تھی اور آنے والی برسات کی نوید دے گئی تھی۔ ندی میں خاصا پانی تھا۔ خان زمان نے اس موقع کو دھلائی کے لئے غنیمت جانا۔ گرمیوں میں سون ندی میں پانی اس قدر کم ہو جاتا ہے کہ کسی طرح کی دھلائی نہیں ہو سکتی اور سینکڑوں شہتیریاں ندی کے کنارے جمع ہو گئی تھیں۔ پانی دیکھ کر خان زمان نے دھلائی کا کام شروع کر دیا۔ کسان لوگ چار چار کی ٹکڑیوں میں بٹ گئے۔ پہلی ٹکڑی میں ساجد تھا اور زینب' گلا اور جھکا گذریا۔ ان لوگوں نے غازی میاں کا نام لے کر پہلی شہتیریاں پانی میں ڈالیں۔ ڈھول زور زور سے بجنے لگا۔ پھر دوسری ٹکڑی والوں نے جن میں صمد مزارع' کرم الٰہی ہالی بھی تھے' اپنی شہتیریاں کناروں سے گھسیٹ کر پانی میں ڈالیں اور تھوڑی دیر میں لکڑیوں کی بہت سی شہتیریاں ڈولتی ہوئی ایک دوسرے سے گنڈ ہوتی ہوئی بتھوں سے ٹکراتی ہوئی الٹتی ہوئی' لوہکتی ہوئی پانی میں چلنے لگیں۔ زینب خوشی سے تالی بجانے لگی اور ندی کے کنارے ناچنے لگی۔ زینب کو دھلائی کا کام بہت پسند تھا۔ کھیت کا کام حالانکہ گھر کے کام سے اچھا ہوتا ہے۔ لیکن روز روز ایک ہی کھیت میں کام کرنے سے اک عجیب سی اکتاہٹ زینب کو محسوس ہونے لگتی تھی۔ لیکن ندی پر شہتیروں کو دھلائے کا کام کس قدر عمدہ اور خوشگوار ہے' کناروں سے شہتیروں کو ایک ایک کرکے پانی میں سرکانا' شہتیریوں کا ہولے ہولے پانی میں تیرنے لگنا۔ کبھی کبھی کسی بڑے تیرتے ہوئے شہتیر پر چڑھ جانا اور لکڑی کے ایک بڑے ڈانڈے سے گنڈ ہوتی ہوئی شہتیروں کو الگ کرنا تاکہ پیچھے سے آنے والی شہتیریوں کا راستہ نہ رکے اور وہ بہاؤ میں چلتی رہیں۔ کتنا عمدہ کام ہے اور گو آخری کام عورتوں کا کام نہیں تھا۔ لیکن زینب اس کام میں اس قدر مشاقی بہم پہنچا چکی تھی' کہ اسے لامحالہ پہلی ٹکڑی میں رکھ دیا گیا تھا۔ بالعموم تیرتے ہوئے شہتیروں پر چڑھ کر ندی کا

راستہ روکنے والی گڈمڈ ہوتی ہوئی شہتیروں کو الگ کرنا کوئی آسان کام نہیں ہے اور اس کام کو صرف چابک دست مردہی کرسکتے ہیں' مگر زینب نے اس کام میں مردوں سے زیادہ مہارت حاصل کرلی تھی۔ وہ سرکس کے ایک مشاق چھوکرے کی طرح تیرتے ہوئے شہتیر پر اپنا توازن برقرار رکھ سکتی تھی اور گڈمڈ ہوتی ہوئی آٹھ دس شہتیروں کو اکیلے کسی کی مدد کے بغیر الگ کر سکتی تھی۔ ساجد، گلا اور جھکا بھی اس کام میں بے حد ہوشیار تھے۔ اس لئے ان چاروں کو پہلی ٹکڑی میں رکھ دیا گیا تھا۔ کیونکہ ڈھلائی کے کام کی رفتار پہلی ٹکڑی والوں کے کام کی تیزی اور مشاقی پر منحصر ہوتی ہے!

گلا' جھکا اور ساجد مل کر لکڑی کے گٹھوں' شہتیروں اور شہتیروں کو ٹھمیسٹ کر پانی میں ڈالنے لگے۔ جب بہت سی شہتیریاں پانی میں تیرنے لگیں تو زینب اپنے پائنچے گھٹنوں کے اوپر باندھ کر پانی میں اتر گئی اور ایک تیرتے ہوئے شہتیر پر بیٹھ گئی۔ کنارے پر سے ساجد نے کاؤ کا ایک لمبا ڈاہٹرا اس کے ہاتھ میں تھما دیا۔ زینب ڈاہٹرے کو لے کر اپنے جسم کو تولتی ہوئی' تیرتے ہوئے شہتیر پر کھڑی ہو گئی اور اپنا توازن برقرار رکھتے ہوئے لکڑی کے اس ڈاہٹرے سے شہتیروں کو الگ کرتے ہوئے انہیں چادر آب پر بھگانے لگی۔ تھوڑی دیر میں گلے ' ساجد اور جھکا نے اتنی شہتیریاں پانی میں ڈال دی تھیں کہ اب اکیلے زینب سے یہ کام سنبھل نہیں سکتا تھا۔ چنانچہ تھوڑی دیر کے بعد ساجد بھی ایک ڈاہٹرا لے کر پانی میں چلا گیا۔ اور دونوں کبھی ایک دوسرے کے قریب کبھی ایک دوسرے سے دور تیرتے ہوئے شہتیروں پر کھڑے ہو کر لڑھکتی ہوئی شہتیریوں کو آگے لے جانے لگے۔

کیسا خوبصورت دن تھا۔ پہلی گھٹا کا نکھرا ہوا آسمان کس قدر خوش رنگ تھا۔ ہواؤں میں کھلی گلگلوں کی مہک تھی۔ اور وہ...دونوں تازہ کٹی ہوئی لکڑیوں کی شہتیروں پر گویا ایک سنہری ناؤ میں سوار کہیں دور جا رہے تھے۔

ساجد کی کھلی چھاتی، اس کی مغرور گردن اور کمان کی طرح لچکتے ہوئے جسم کو دیکھ کر زینب بے اختیار مسکرا دی۔ ساجد نے غاموش نگاہوں سے اس کی طرف دیکھا۔ وہ بولی:

"شرط بدتے ہو؟"

"کیسی شرط؟"

"ہم دونوں میں سے کون سب سے پہلے بارہ شہتیریاں رنگ پور کی حد تک پہنچاتا ہے۔"

"اور جو جیت جائے وہ؟"

"نہیں۔ یوں نہیں!" زینب بولی

"پھر کس طرح؟"

"جو جیت جائے" زینب سوچتے ہوئے بولی۔ "تو وہ یوں ہو کہ اگر میں جیت جاؤں تو تم مجھے اپنے کندھے پر بٹھا کر رنگ پور سے واپس گاؤں تک پانچ میل ندی کے کنارے کنارے اٹھا کر چلو گے!"

"اور اگر میں جیت جاؤں تو؟" ساجد بولا

"اور اگر تم جیت جاؤ۔" زینب اس کی طرف شوخی سے دیکھ

"تو تم بھی مجھے اپنے کندھے پر بٹھا کر واپس گاؤں لے جاؤ گے!"

یہ شرط سن کر ساجد اس زور سے ہنسا کہ اس کا توازن بگڑ گیا اور وہ ڈولتی ہوئی شہتیری سے پھسل کر پھر کسی دوسرے شہتیر کو پکڑ کر اپنی ناؤ بناتا زینب جلدی سے اپنی شہتیریاں کھے کر آگے نکل چکی تھی اور کاؤ کا ڈانڈا ہلا ہلا کر اسے چڑا رہی تھی۔

"جو عورت سے شرط لگاتا ہے وہ کبھی نہیں جیت سکتا۔" جھٹکے گزریے نے ایک بڑا شہتیر پانی میں سرکاتے ہوئے کہا۔

کے نے کہا۔ "چل اسی بات پر تیری میری شرط ہو جائے۔"

جب زینب اور ساجد کی ٹھنی تو لگے اور جھگے کی بھی ٹھنی اور اس طرح سے پیچھے آنے والی کسانوں کی ٹولیوں میں بھی ٹھن گئی تھی۔ کیونکہ شرط لگا کر کام کرنے میں بڑا مزا آتا ہے اور کام' کام' نہیں کھیل معلوم ہوتا ہے۔

مگر زینب اور ساجد سب سے آگے دور نکل چکے تھے اور ندی کے دوسرے موڑ سے بھی گزر کر نظروں سے اوجھل ہو چکے تھے۔ شروع شروع میں تو زینب ساجد سے آگے رہی۔ لیکن دوسرے موڑ پر جہاں رینگڑو کا نالہ آکے ملا تھا' وہاں پر پہنچ کے ساجد نے زینب کو جا پکڑا اور اب وہ دونوں تقریباً برابر چل رہے تھے اب زینب اس تاک میں تھی کہ تیسرا موڑ آنے پر وہ ساجد سے آگے نکل جائے اور ابھی سے وہ اس مقام کے لئے تیاری کر رہی تھی اور اپنی شہتیروں کو دو دو چار چار کی ٹولیوں میں تیرانے کے بجائے ایک کے بعد ایک رکھتی ہوئی تیرا رہی تھی کیونکہ تیسرے موڑ کے مقام پر ندی کا پاٹ بہت تنگ ہو جاتا تھا اور بہاؤ بہت تیز ہو جاتا تھا۔ اس مقام پر ندی کے دونوں طرف اونچی اونچی چٹانیں تھیں جن سے ٹکرا کر بہت سے شہتیر اور شہتیریاں رک جاتے تھے اور ایک کے دے پوری سطح آب پر لکڑیوں کی چادر سی بچھا دیتے تھے اور ڈھلان کے کام کو جام کر دیتے تھے۔

ساجد بھی یہی کر رہا تھا۔ وہ بھی اپنی شہتیروں کو الگ الگ کرکے تیرانے کے چکر میں تھا۔ دونوں اپنے کام میں لگے ہوئے برابر آ رہے تھے یکایک سامنے تیسرا موڑ آگیا اور سامنے سطح آب پر گذشتہ کٹائی کی رکی ہوئی شہتیریوں کا ایک جزیرہ سا پانی پر ڈولتا ہوا نظر آیا۔ اس کنارے سے اس کنارے شہتیریوں کو نکالنے کے لئے کہیں کوئی جگہ نہ تھی۔ ہر طرف لکڑیاں ایک دوسرے میں پھنسی نظر آتی تھیں۔ صرف دو چٹانوں کے بیچ میں جہاں پانی تیزی سے نیچے کی طرف جاتا ہوا بہتا تھا۔ وہاں پر لکڑیوں کا جزیرہ پھٹ گیا تھا اور پانی تیزی سے نیچے بہہ رہا تھا۔ یہاں پر اتنی جگہ تھی کہ ایک

یا دو شہتیروں کو احتیاط سے لے کے کر موڑ سے گزارا جا سکتا تھا ساجد نے کہنے کے لئے ڈاؤنڈا اٹھایا، مگر بد قسمتی سے اسی وقت اس کے دو شہتیر آپس میں لڑ گئے اور زینب خوشی سے چیخی ہوئی اپنی پہلی شہتیری کو اس تیز پانی میں بہا لے گئی اور چٹانوں کے قریب پہنچ کر وہ چھلانگ مار کر پرانی لکڑی کے ڈولتے ہوئے جزیرے پر بڑے اطمینان سے کھڑی ہو گئی اور ایک ایک کرکے پانی کی اس چھوٹی سی تنگنائے ہی سے لکڑی کے شہتیر گذرانے لگی اور جب تک ساجد اپنے لوٹے ہوئے شہتیروں کو الگ کرتا زینب اپنے شہتیر تیرا چکی تھی اور آخری شہتیر پر چھلانگ لگا کر ڈولتی ہوئی تیسرے موڑ سے آگے نکل گئی تھی۔ یعنی جہاں دھگڑو کا نالہ آکے ملتا تھا ....

ساجد بہت پیچھے رہ گیا تھا۔ جب وہ اپنی شہتیریاں آگے نکال چکا' تو اس نے دیکھا کہ لکڑی کے پانچ چھ گٹھے دونوں چٹانوں کے آر پار اس طرح بکھر گئے ہیں کہ اب پیچھے آنے والی لکڑی ساری جام ہو جائے گی۔ اور اس جام کو توڑنے کے لئے کم سے کم ایک گھنٹہ چاہئے اور اب اگر وہ ایک گھنٹہ یہاں رک گیا تو زینب اکیلی پڑ جائے گی اور بہت دور چلی جائے گی اور وہ شرط بھی ہار جائے گا۔ پھر اس نے سوچا گلا اور جھکا آکے اس کام کو پورا کریں گے۔ یہ سوچ کر وہ اپنے گٹھوں کو لے کر جلدی سے آگے روانہ ہوا۔

مگر زینب اس سے بہت دور آگے نکل گئی تھی اور اب سطح آب پر دور اپنا ڈاؤنڈا پھیلائے پانی میں ڈولتی ہوئی ایک ابابیل کی طرح معلوم ہو رہی تھی۔ ساجد نے سوچا اگر چوتھے موڑ سے پہلے اس نے زینب کو پکڑ لیا تو وہ شرط بیت سکتا ہے۔ ورنہ نہیں۔ کیونکہ چوتھے موڑ پر اسوچ نالہ سون ندی میں آکے گرتا ہے اور یہاں پر ندی کا پاٹ بہت چوڑا ہو جاتا ہے۔ گو پانی گھٹنوں گھٹنوں تک ہوتا ہے لیکن یہاں پر پاٹ کی ڈھلان ایسی خطرناک ہے کہ پانی کی رفتار سے چند ہو جاتی ہے۔ اگر زینب آسوج نالے کے علم تک

اس سے پہلے بیچ گئی تو پھر شرط جیتنے کا سوال پیدا ہی نہیں ہوتا۔

اس لئے اس نے انتہائی مستعدی سے شہتیروں کو کھینا شروع کیا اور دھیرے دھیرے دونوں میں فاصلہ کم ہوتا شروع ہوا۔ زینب مڑ مڑ کر دیکھتی اور پھر چاک و چوبند ہو کر اپنے کام میں جٹ جاتی۔ ابھی تک وہ ساجد سے آگے تھی اور اب وہ بھی اس فکر میں تھی کہ کب چوتھا موڑ آئے اور وہ اپنی شہتیریوں کو آسونج اور سون ندیوں کے سنگم میں ڈال کر اپنی فتح کا اعلان کرے۔

فاصلہ دھیرے دھیرے کم ہو آ گیا۔ سو گز کا فاصلہ پچاس میں ہوا۔ پچاس گز کا فاصلہ پچیس میں ہوا۔ زینب کا چہرہ کانوں تک سرخ ہو گیا تھا۔ اس کے چہرے پر پسینے کے قطرے تھے اور اب وہ سامنے نظریں جمائے چوتھے موڑ کی طرف دیکھ رہی تھی جو اب بالکل قریب آ رہا تھا..... یکایک پانی کا دھارا تیزی سے مڑا اور چوتھا موڑ سامنے آنے لگا۔ عالم اشتیاق میں زینب کے منہ سے خوشی کی ایک چیخ نکل گئی اور اسی لئے ساجد کے منہ سے بھی ایک چیخ نکلی۔ لیکن یہ چیخ خوشی کی نہ تھی۔ یہ ایک ہیبت ناک چیخ تھی، خوف سے تھراتے ہوئے، گلے سے نکلتی ہوئی۔

"زینب ہوشیار!" ساجد نے ندر سے چلا کر کہا۔

لیکن اس کے کہنے سے پہلے زینب اپنی شہتیری پر سوار تیر کی طرح سنسناتی ہوئی چوتھے موڑ سے نیچے پانیوں میں چلی گئی۔

آسونج نالہ ایک طوفانی کیفیت سے بچرتا ہوا سون ندی سے مل رہا تھا۔

یہ کسی کو معلوم نہ تھا کہ آسونج ندی میں بھی بازہ آگئی ہوگی کسی نے جاننے یا سوچنے کی کوشش نہ کی تھی اور زینب اور ساجد تو اپنی شرط میں اس قدر منہمک تھے کہ ان کے دل میں ایک لمحہ کے لئے بھی شرط جیتنے کے علاوہ کوئی دوسرا خیال نہ آیا تھا۔ یکایک چوتھے موڑ پر پہنچ کر ساجد نے جو ندی کی طوفانی

کیفیت دیکھی۔ اس سے اس کے منہ سے زور کی ایک چیخ نکل گئی۔ آسونج
نالہ اپنے کناروں کو چیرتا ہوا' کف اڑاتا ہوا' طوفانی لہروں کے ساتھ سون
ندی میں داخل ہو رہا تھا۔ زینب کی ساری شہتیریاں بے قابو ہو چکی تھیں۔
نہ صرف اس کی شہتیریاں بلکہ وہ خود بھی اپنا توازن کھو چکی تھی۔ کیونکہ
آسونج ندی میں کانگ آئی تھی۔

پانی کے بھرے ہوئے ریلوں میں اس کا شہتیر ڈولتا' گھومتا' الٹا سیدھا
ہوتا ہوا چلا جا رہا تھا۔ پہلے تو زینب کا ڈانڈا اس کے ہاتھ سے گر گیا۔ پھر وہ
ایک چیخ مار کر پانی میں گر گئی۔ پانی میں گرتے ہوئے اس نے بہتے ہوئے
شہتیر کو پکڑنے کی کوشش کی۔ چند لمحوں تک وہ شہتیر کے ساتھ بہتی رہی۔
پھر شہتیر پانی کے ایک زور دار ریلے کا تھپڑ کھا کر اوندھا ہو گیا۔ پھر شہتیر
بھی زینب کے ہاتھ سے گیا اور وہ بپھرتی ہوئی لہروں میں تیرنے کی ناکام
کوشش کرتی ہوئی نیچے جانے لگی۔

نیچے رنگ پور کا گاؤں تھا لیکن اس گاؤں سے پہلے ندی کا پانی ایک
چھوٹا سا آبشار بنا کر نیچے گرتا تھا۔ عام حالت میں یہ آبشار کسی طرح خطرناک
نہیں ہوتا تھا لیکن آج؟

اور یہ سوچتے ہی ساجد کے تن بدن میں جھرجھری سی آئی۔ آج اگر
اس نے زینب کو آبشار سے پہلے نہ بچا لیا تو پھر وہ اسے کبھی نہ بچا سکے گا۔
یکایک وہ اپنی شہتیری کو اپنے جسم کا سارا زور لگا کر طوفانی ریلوں پر کھیتا
ہوا زینب کی جانب لے گیا اور پھر اس نے ڈانڈا چھوڑ کر اچھل کر زور سے
چھلانگ لگائی۔ لیکن زینب کا جسم دس گز کے فاصلے پر لہراتا ہوا اس کے
سامنے سے گزر گیا۔ اس نے زینب کی پھٹی پھٹی آنکھیں دیکھیں اور ان
آنکھوں میں موت کے خوف کو دیکھا۔ اس نے طوفانی پانی کے ایک ریلے کو
اس کے منہ میں جاتے ہوئے دیکھا اور اس کے سیاہ بالوں کو کھل کر اس کے

منہ پر آتے دیکھا اور وہ پھر طوفانی لہروں کو کاٹ کر زینب کے قریب پہنچا اور دونوں بار طوفانی لہروں نے دونوں کو الگ الگ بچھاڑ دیا اور زینب اس کے ہاتھ نہ آئی۔ اور آبشار قریب آنے لگا اور وہ ندرسے اس جگہ کو دیکھ کر اپنی روح اور جسم کا آخری زور لگا کر لہروں کو کاٹتا بیٹھتا گیا اور یکایک اس کے ہاتھ میں زینب کا جسم آگیا۔

تھوڑی دیر تک وہ چپ چاپ اس کے جسم کو لئے پانی کے ساتھ بہتا رہا۔ وہ جانتا تھا کہ بچنے کا صرف ایک راستہ ہے۔ اب تک وہ دونوں آسونج نالے کے بہے دھارے میں تھے۔ اگر وہ کسی طرح سے اس دھارے سے نکل کر سون ندی کے آہستہ بہتے ہوئے دھارے میں چلے جائیں تو بچنے کی صورت ہو سکتی ہے۔

اس نے ایک طائرانہ نگاہ سامنے ڈالی۔ ایک طرف آسونج نالے کا طوفانی پانی دوسری طرف سون ندی کا چڑھا ہوا لیکن نسبتاً آہستہ بہتا ہوا پانی۔ اور ان دونوں پانیوں کے درمیان سنگم کی مخالف لہریں بھنور کھاتی ہوئی سطح اور ٹوٹتے ہوئے جھاگ کی جھالریں! اس ایک ہی لمحے میں اس نے یہ دیکھ کر مسرت محسوس کی کہ پانی کی متضاد لہروں نے انہیں اچھال کر آسونج کے بہے دھارے سے الگ کر دیا تھا اور اب وہ اس کی تیز ترین روانی سے دور تھے۔ اور سون کے آہستہ بہتے ہوئے پانی کے قریب قریب ۔۔۔۔۔

یہ دیکھ کر ساجد کے بازوؤں میں نئی طاقت آگئی اور وہ تیزی سے ہاتھ پاؤں چلاتا ہوا سون کے پانیوں میں آگیا اور پانی کاٹتا کاٹتا اس کنارے آن پہنچا۔ جہاں سے صرف پچاس قدم کے فاصلے پر آبشار گر رہا تھا۔

کنارے پہنچ کر اس نے زینب کو سارا دے کر کھڑا کیا اور پھر خود منہ موڑ کر کھڑا ہو گیا۔

زینب بہت سا پانی پی گئی تھی۔ مگر بے دم نہ ہوئی تھی۔ پہلے تو اس

نے ایک لمے کے لئے گرتے ہوئے آبشار کی طرف دیکھا۔ پھر دوسرے لمے میں وہ چیخ مار کر ساجد سے لپٹ گئی اور جب ساجد اس کی طرف مڑا تو وہ اس کے بازوؤں میں بے ہوش ہو گئی۔ زینب بڑی بہادر عورت تھی۔ اب کہ جب وہ خطرے سے باہر تھی وہ بے ہوش ہو سکتی تھی۔

ساجد نے زینب کے پیٹ سے پانی نکالا۔ پھر اس نے اس کے بال نچوڑے۔ پھر اس نے ایک ایک کرکے اس کے سارے گیلے کپڑے اتار دیے اور اسے ننگا ایک چٹان کے پیچھے تپتی ہوئی ریت پر لٹا دیا اور خود چوٹی موڑ پر اپنے پیچھے آنے والے ساتھیوں کو خبردار کرنے کے لئے چلا گیا۔

بہت دیر کے بعد جب وہ لوٹا تو زینب نے اپنے بال سنوار لئے تھے۔ اپنے کپڑے سکھا کے پہن لئے تھے اور اب وہ چیج کی ایک شاخ اپنے ہاتھ میں لئے اس اونچی چٹان پر ایک ملکہ کی طرح بیٹھی تھی۔ جب ساجد اس چٹان کے نیچے پہنچا تو زینب نے اپنی دونوں ٹانگیں ہلاتے ہوئے اور اپنی زرافشاں پنڈلیاں اسے دکھاتے ہوئے بڑی ادا سے کہا۔

"میں شرط جیت گئی۔ اب مجھے اپنے کندھے پر سوار کرکے لے چلو۔"

ساجد منہ موڑ کر چٹان کے نیچے کھڑا ہو گیا۔ زینب سرک کر اس کے کندھے پر بیٹھ گئی اور جب زینب بیٹھ گئی تو اسے لے کر چلتے ہوئے ہولے ہولے ساجد گانے لگا۔

چنا' کیتھرے پنڈ جانا؟

(اے چاند! کس گاؤں جاؤ گے؟)

آٹھواں باب

ساجد نے کوئی عقل مندی کا کام نہیں کیا جو اس نے خان زمان کو بتا دیا کہ اس نے زینب کی جان بچا لی ہے۔ خان زمان کچھ نہیں بولا۔ پل بھر کے لئے اس کی چھلیوں میں ایک خوفناک سی چمک لرزی۔ غیر ارادی طور پر اس کے بازوؤں کی مچھلیاں تن گئیں اور سر سے پاؤں تک اس نے اپنے آپ کو ایسی رائفل کی طرح محسوس کیا۔ جو اب چلنے والی ہو۔ پھر یکایک اس نے اپنے حواس پر قابو پا لیا اور سیدھی سپاٹ آواز میں بولا:

"یہ کیسے ہوا؟"

ساجد نے بتایا۔ "رنگ پور کے نالے میں کائنگ آئی تھی!"

خان زمان نے کہا۔ "جب کل کی بارش سے سون میں کائنگ آئی تو رنگ پور کے نالے میں کیوں نہ آتی۔ تم لوگوں کو سوچنا چاہئے تھا!"

ساجد نے سر جھکا لیا۔ واقعی اس نے کالنگ کا خیال کیوں نہیں کیا۔ دراصل وہ اور زینب شرط جیتنے میں اس قدر مصروف تھے کہ انہیں کالنگ کا خیال نہ رہا۔ ساجد نے دل ہی دل میں اپنی غلطی محسوس کی۔ مگر اس وقت چپ رہا۔

خان زمان نے پھر پوچھا: "اور اب وہ کہاں ہے؟"

پھر ساجد نے سب بتایا۔ اس کا خیال تھا کہ بتانے پر خان زمان اس کے ساتھ واپس دوڑنے لگے گا۔ جہاں زینب ریت پر پڑی تھی۔ مگر خان زمان اپنی جگہ سے نہیں ہلا۔ اسی سیدھی سپاٹ آواز میں بولا:

"جاکر اسے اٹھا لاؤ۔ جب تک ہم چوتھے موڑ کا جام ٹھیک کرتے ہیں۔"

اور اب کہ جب وہ زینب کو اپنے کندھوں پر اٹھائے ہوئے واپس جا رہا تھا' اس نے اپنی گفتگو کا ماحصل زینب کو بتا دیا تو زینب یہ سب سن کر بالکل خوش نہیں ہوئی بلکہ تاسف سے ہاتھ مل کر بولی۔

"ہائے! تم نے کیوں بتا دیا؟ تم نے کیوں بتا دیا؟"

ساجد نے حیران ہو کر کہا۔ "آخر اس میں کون سی بری بات ہے۔ میں نے تمہاری جان بچائی ہے؟"

"نرے احمق ہو؟" زینب پھر ہاتھ ملتے ہوئے بولی۔ "تم کچھ نہیں جانتے نرے احمق ہو۔ تم کچھ نہ بتاتے تو بہت اچھا ہوتا۔ آخر میں مر تو نہ گئی تھی! بدھو!"

اس رات خان زمان نے زینب کو خوب مارا۔ زینب کے جسم پر جا بجا نیل پڑ گئے۔ تو بھی وہ اپنے مالک سے سر جھکائے اس کے قدموں میں پڑی مار کھاتی رہی۔ خان زمان کو اس بات کا تو شبہ نہ تھا کہ ساجد کے زینب

سے کسی قسم کے تعلقات ناجائز ہو سکتے ہیں۔ وہ اپنے گاؤں میں مختار کل تھا' مجرد' واحد' غیر مشروط طور پر اپنے علاقے کی زندگی کا مالک تھا۔ وہ یہ سمجھ بھی نہیں سکتا تھا کہ اس کے علاقے میں اس کی مرضی کے بغیر بھی کچھ ہو سکتا ہے۔ یہ بات دور دور تک اس کے گمان میں بھی نہیں آسکتی تھی کہ کوئی عورت اسے چھوڑ کر کسی دوسرے سے محبت کر سکتی ہے۔ اگر وہ یہ سمجھ سکتا۔ اگر اس شے کا ایک شائبہ تک اس کے ذہن میں آجاتا تو وہ ان تمام واقعات کی ابھی سے روک تھام کر لیتا۔ جو آگے چل کر پیش آنے والے تھے۔

وہ صرف اس لئے ناخوش تھا کہ ساجد نے زینب کو بچا لیا تھا۔ جس لڑکے کے باپ کو اس نے جان سے مار دیا تھا۔ اس لڑکے نے آج اس کی بیوی کی جان بچائی تھی۔ اس سے زیادہ انسیت کسی شخص کے لئے اور کیا ہو سکتی ہے۔ اس کا جی ساجد کو پیٹنے کو چاہتا تھا۔ مگر وہ اس کام پر ساجد کو پیٹ نہ سکتا تھا۔ وہ اپنا غصہ صرف زینب پر صرف کر سکتا تھا اور یہی اس نے کیا۔ اور اس رات زینب نے اس کی وحشی طاقت کا سارا زور اپنے جوڑ جوڑ میں محسوس کیا اور مار کھاتے کھاتے اس کے سارے جسم پر نیل پڑ گئے۔ اس رات خان زمان کے پیار میں بھی وہی وحشت اور بربریت تھی۔ جو کچھ عرصہ پہلے اس کی مار میں تھی اور زینب نے سر جھکا کر سب کچھ برداشت کر لیا۔ آج اسے خوشی صرف اس بات کی تھی کہ خان زمان کے دل میں وہ شبہہ نہ تھا جس کے احساس سے وہ اس قدر خائف تھی۔ آج اسے یکایک احساس ہوا کہ اپنی طاقت اور قوت کے نشے میں سرشار اور چور انسان بھی کس قدر اندھا ہو سکتا ہے اور جو نہی اسے اس بات کا احساس ہوا' وہ 'ہرلات' کے کونے اور طمانچے پر ایک عجیب جذبہ تشکر سے جھکتی چلی گئی۔ لیکن جو خان زمان نہ سمجھ سکا۔ وہ اس کی تینوں بیویاں سمجھ گئیں۔

جس حس نے زینب کو بتا دیا تھا کہ خان زمان کے دل میں کیا ہے اور کیا نہیں ہے۔ اسی حس نے دوسری عورتوں کو بھی بتا دیا تھا کہ زینب کے دل میں کیا ہے اور بے چارہ خان زمان کیا جانتا ہے اور کیا نہیں جانتا ہے اور وہ سخت گیر، مغرور خان زمان کے دل کو جانتی تھیں۔ اس لئے اسے کچھ بتا بھی نہ سکتی تھیں۔ کسی طرح اس پر اپنے شبے کا اظہار نہ کر سکتی تھیں۔ اشاروں ہی اشاروں میں، کنایوں میں یا سرگوشیوں میں آپس میں باتیں کرکے دھیرے دھیرے کھلتے ہوئے واقعات کو دیکھ سکتی تھیں اور وحشت زدہ ہو کر خاموش رہ سکتی تھیں۔ خان زمان کی شخصیت کا ڈر اتنا تھا کہ کوئی عورت اسے مشورہ دینے کی جرأت نہ کر سکتی تھی۔

پھر کسی کے پاس کوئی ثبوت بھی نہ تھا۔ بانہوں کی ایک اضطراری جنبش تھی جیسے کام کرتے کرتے غیر محسوس طور پر کسی کا ہاتھ دوسرے ہاتھ پر ذرا دیر کے لئے سرکتا چلا جائے۔ سانس کی تیز حرکت تھی۔ ایک نگاہ تھی جو برق کی طرح فضا میں کوندتی تھی۔ دوسرے لمحے میں پلکیں رخساروں پر جھک جاتی تھیں۔ جیسے کوندا بادلوں میں چھپ گیا ہو۔ اب کوئی کسی کی آنکھیں نکال کر تو ثبوت کے طور پر نہیں پیش کر سکتا ہے اور کوئی ثبوت بھی کیوں دیتا اور کیسے دیتا اور کہاں سے دیتا۔ بس ایک دلچسپی سی پیدا ہوئی اور ایک شبہہ سا لہرایا، کسی نے کسی کی جان بچائی تھی۔ عام حالات میں بھی اس واقعے سے جان بچانے والے اور جان بچائے جانے والے کے درمیان ایک عجیب سا رشتہ پیدا ہو جاتا ہے۔ لیکن جب ان دونوں میں ایک نوجوان مرد ہو اور دوسری ایک نوجوان عورت ہو تو پھر اس دلچسپ رشتے کی نیرنگیاں دیکھئے؟ ممکن ہے کچھ بھی نہ ہو۔ لیکن ذرا دیکھیں تو سہی کیا ہوتا ہے۔ لگے مزارع نے اور جھگڑے گذریے نے اور دوسرے لوگوں نے بھی اپنی اپنی جگہ سوچا۔ کچھ کہا نہیں۔ مگر وہ لوگ ذرا چوکنے ہو کر زینب اور ساجد کو دیکھنے لگے۔

گمر کچھ ہوا نہیں۔ اس واقعے کے بعد زینب نے ساجد کے ساتھ کھیتوں میں کام کرنا چھوڑ دیا۔ یہ خان زمان کا فیصلہ نہ تھا یہ زینب کا فیصلہ تھا اور جب خان زمان نے اس فیصلے کی تشریح چاہی تو زینب شرماتے ہوئے بولی:
"ساجد نے میرا ننگا پنڈا دیکھ لیا ہے۔ اس لئے اب مجھے اس کے ساتھ کام کرتے ہوئے شرم محسوس ہوتی ہے۔"

خان زمان یہ سن کر خاموش ہو گیا۔ دل ہی دل میں شاید وہ خوش بھی ہوا ہو گا۔ مگر اس نے اس موقع پر کچھ نہیں کہا۔ کسی طرح سے اس نے زینب کو فیصلہ بدلنے کی ترغیب نہیں دی۔ بس خاموشی سے سن کر زینب کے پاس سے اٹھ کر چلا گیا۔ ۔۔۔۔ پھر دن بیتتے گئے' مہینے بیتتے گئے اور بات پرانی ہو گئی اور گاؤں والوں کی وہ دلچسپی بھی جاتی رہی' کیونکہ اب خود زینب کو ساجد میں وہ دلچسپی نہ رہی تھی۔ اب وہ دونوں ایک دوسرے سے بہت کم ملتے تھے بہت کم ایک دوسرے کا سامنا کرتے تھے۔ ایسا معلوم ہوتا تھا کہ اس روز کانگ کے طوفانی پانیوں نے انہیں ایک دوسرے کے قریب لانے کے بجائے ایک دوسرے سے دور پھینک دیا ہے۔ لوگ بہت جلد اس واقعے کو بھول گئے کیونکہ پیر پنجال کے پہاڑی دیہات میں زندگی ایسی سخت ہوتی ہے۔ محض جینا ایسی جانکشی چاہتا ہے کہ ذہن میں کوئی دوسرا مسئلہ زیادہ دیر تک نہیں ٹھہر سکتا۔ جب مالک قہربان ہو اور فطرت نامہربان ہو تو بے چارہ انسان کیا کرے؟

لوگ بھول گئے اور دن بیت گئے اور مہینے بیت گئے اور روئی کی نئی فصل آپہنچی اور وہ دن آپہنچا۔ جس کے لئے ساجد نے برسوں انتظار کیا تھا۔ اور آج اس بھرپور چاندنی رات میں اپنے ہاتھ سے بوئے ہوئے کھیت میں کھڑا تھا اور اس کے چاروں طرف نرے کے پھول تھے۔ گزشتہ چار سالوں میں اس نے کھیتوں میں اپنے سپنوں کے بیج بوئے تھے اور آج کریا اس کے

اپنے آنسو رکنے کے لئے اپنی دونوں آنکھیں بند کر لیں اور حسرت سے اپنے دونوں ہاتھ پھیلا دیے جیسے ان خوبصورت پھولوں کی یاد اپنے دل کی فریاد میں بند کر لینا چاہتا ہو۔

چند لمحے وہ اسی طرح نرے کے پھولوں میں ڈوبتا کھڑا رہا۔ پھر دھیرے سے اس کے پھیلے ہوئے بازو اس کے سینے کی طرف جانے لگے۔ عین اسی وقت کوئی قریب کی جھاڑی سے اٹھا اور اس کے دونوں بازوؤں میں آگیا۔

ساجد نے چونک کر اپنی آنکھیں کھول دیں۔

"تم؟" وہ گھبرا کر بولا۔

"ڈر گئے؟" زینب اس کے سینے سے لگی لگی بولی۔

"تم یہاں کیوں آئی ہو؟" ساجد کی آواز میں ذرا سی سختی تھی۔ "کیا چادر لینے آئی تھیں؟"

جواب میں زینب کچھ نہ بولی۔ وہ اسی طرح اس کے سینے سے لگی رہی۔ دھیرے دھیرے اس کی انگلیاں ساجد کے سینے پر چلنے لگیں۔ دھیرے دھیرے ان انگلیوں نے ساجد کے گلے کو چھوا' پھر اس کی ٹھوڑی کو' پھر اس کے رخساروں کو' پھر زینب نے ایک گہرا ہانس لے کر کہا۔

"میں چادر نہیں تمہارا پیار لینے آئی تھی۔" زینب کی انگلیاں ساجد کی آنکھوں کی جانب جاتے جاتے رک گئیں۔ "تم رو کیوں رہے ہو؟"

جب روکنے پر بھی ساجد اپنی سسکیوں کو روک نہ سکا۔ اس نے زور سے زینب کو اپنے سینے سے لپٹا لیا اور اس کی سسکیاں چیخوں میں تبدیل ہو گئیں اور زینب نے پہلے تو اپنا ہاتھ اس کے ہونٹوں پر رکھ دیا اور جب اس پر بھی اس کی چیخیں بند نہ ہوئیں تو اس نے اپنے لب ہونٹوں پر رکھ دیے۔ اور وہ دونوں فرط جذبات میں تھر تھر کانپنے لگے۔ دو چٹکے چاند کی شمع پر کانپتے ہوئے اور چاندنی محبت کے دھندلکوں میں کھوئی ہوئی۔ اور تارے ٹمٹماتی ہوئی

انگلیوں کی طرح لرزتے ہوئے اور چاند ایک گیلا دھبہ سا جیسے آسمان کے رخسار پر ایک بلبل نغمہ سرا' ایک ایک سر ایک ایک آنسو کی طرح فضا کی بلور میں ٹپکتا ہوا ۔۔۔۔

دیر تک وہ دونوں ایک دوسرے میں کھوئے ہوئے پھولوں کے درمیان کھڑے رہے۔ پھر جب ہوش میں آئے تو سنبھل کر کھیت کی مینڈھ پر جا کر بیٹھ گئے۔

ساجد نے پوچھا۔ "اتنے دنوں تک میری یاد نہیں آئی؟"

"یاد سے کیا ہوتا ہے؟" زینب نے سر جھٹکا کے کہا۔ "موقعہ بھی تو تھا؟"

"اتنے مہینے ایک بات کرنے کے لئے موقعہ نہ مل سکا؟"

"اتنے مہینے جو تم سے بات نہیں کی تو بہت اچھا ہوا۔ ورنہ سوچو۔ اگر خان نذر کے دل میں شبہ پیدا ہو جاتا۔ جو ایک نہ ایک دن ضروری تھا۔ پھر کیا ہوتا؟"

"پھر کیا ہوتا؟" ساجد نے سوال دہرایا۔

"تم خود ہی جواب دو؟" زینب بولی۔

جواب میں ساجد خاموش رہ گیا۔ بہت دیر کے بعد بولا۔ "اتنا جانتا ہوں۔ تمہارے بغیر مر جاؤں گا!"

"یہ تو کوئی جواب نہ ہوا۔" زینب نے ساجد کے کندھے پر سر رکھتے ہوئے کہا۔

ساجد کچھ سوچنے لگا اور جب اس سے کوئی جواب نہ بن پڑا تو اس نے زینب سے پوچھا۔

"تمہیں کیسے پتہ چلا کہ میں یہاں ہوں۔"

وہ بولی۔ "میں تمہارے کمرے میں گئی تھی۔ جب تم وہاں نہ ملے تو

میں یہاں آگئی۔"

"تمہیں کیسے معلوم ہو گیا۔ میں یہاں ملوں گا۔"

"ارے بدھو! کل ان پھولوں کی چنائی کا دن ہے۔ کیا مجھے اتنا بھی معلوم نہیں کہ تم اس وقت کہاں ہو گے؟"

"کل یہ پھول چن لئے جائیں گے!" ساجد نے یہ انداز تاسف کہا۔

"اور میری اوڑھنی میں بن لئے جائیں گے۔" زینب مسرت سے بولی۔ ساجد نے حیرت سے زینب کی طرف دیکھا۔ ٹمٹملا۔ پھر بولا:

"وہ کس طرح؟"

وہ بولی۔ "ان پھولوں کی چادر تم مجھے لا کے دو گے؟"

"میں کس طرح دوں گا؟" ساجد نے رکتے رکتے کہا۔ "اتنے سال میں سوچتا رہا۔ سوچتا رہا۔ لیکن آج جب نزے کے پھول چاروں طرف کھل گئے ہیں۔ میں سوچتا ہوں۔ یہ چادر میں تمہیں کہاں سے لا کے دوں گا؟"

"کیا یہ سارے پھول تمہارے ایک پھول کی اولاد نہیں ہیں۔ کیا ان پر کسی اور نے محنت کی ہے؟"

"محنت تو میری ہے۔ لیکن پھول مالک کے ہیں ۔۔۔ اور میں مالک سے کیسے کہہ سکتا ہوں کہ ۔۔۔ کہ ۔۔۔" ساجد سوچتا سوچتا رک گیا۔

سوچ سوچ کر زینب کے دل میں بھی ایک خیال آیا۔ اور اس خیال کے آتے ہی وہ مسکرا کر ہنس پڑی۔ بولی:

"تمہارے کہنے کی ضرورت نہیں ہے۔ کسی سے کچھ کہنے یا مانگنے کی ضرورت نہیں ہے۔ میں خود ان پھولوں کو اپنی اوڑھنی کے لئے مانگ لوں گی اور وہ مجھے انکار نہ کریں گے!"

ساجد نے خوش ہو کر کہا۔ "ہاں یہ بات ٹھیک ہے۔" پھر اس نے زینب کے بالوں سے کھیلتے ہوئے کہا۔ "میں اس سر پر اس چادر کو دیکھنا چاہتا

ہوں اور اس چہرے کے دونوں طرف اس چادر کو دیکھنا چاہتا ہوں۔ یوں!" ساجد نے اپنے دونوں ہاتھوں میں زینب کا چہرہ لے کر کہا۔

زینب خوشی سے کھلکھلا کر ہنس پڑی۔

اس کی ہنسی سن کر کوئی کہیں پر چٹکا' بھڑکا' خائف ہوا۔ پھر تیزی سے کسی کے کھیت کی مینڈھ کے نیچے سے گزرنے کی آواز آئی۔ دونوں گھبرا کر اور مڑ کر دیکھنے لگے۔ ساجد نے پہلے دیکھا۔ زینب نے بعد میں دیکھا۔ کیونکہ اس کی اس طرف پیٹھ تھی۔ جب اس نے مڑ کر دیکھا۔ تو سائے کی طرح غائب ہو چکا تھا۔

"کون تھا؟" زینب نے گھبرا کر پوچھا۔

ساجد نے کہا۔ "ایک جنگلی سور تھا۔ نیچے رُخ سے آیا ہو گا!"

"تم نے اچھی طرح سے دیکھا تھا؟" زینب کا دل زور زور سے دھڑکنے لگا۔

"بہت اچھی طرح سے!"

زینب کا سارا جسم کانپ کانپ گیا۔ اگر اس وقت کوئی اور ہو تا؟ اس کے خیال ہی سے زینب کے ہاتھ پاؤں ٹھنڈے ہونے لگے۔ وہ کمزور آواز میں بولی۔ "اف یہاں کتنی سردی ہے۔ مجھے گھر لے چلو!"

ساجد نے اپنے دونوں بازوؤں میں زینب کو اٹھا لیا اور گھر کی طرف چلنے لگا۔

نواں باب

دوسرا دن چنائی کا تھا۔ اس لئے سب لوگوں کو کھیتوں میں آنا پڑا۔
ساجد کو بھی زینب کے ساتھ کام کرنا پڑا۔ کیونکہ چنائی کے روز ہر ہاتھ کی
ضرورت ہوتی ہے۔ بچے تک کام کرتے ہیں۔ اس روز ہر قسم کے جھگڑے
بلائے طاق رکھ دیے جاتے ہیں۔ یوں نہ ہو تو کام کیسے ہو؟ اس لئے جب
خان زمان نے ساجد سے کہا تو وہ منہ لٹکائے چلا آیا۔ مگر اندر سے وہ بہت
خوش تھا۔ دل ہی دل میں زینب بھی بہت خوش ہوئی اور زیادہ دیر تک اپنی
خوشی چھپا نہ سکی۔ ادھر دیکھ کر کہ خان زمان اسے دیکھتا تو نہیں ہے۔ وہ
جلدی سے نرے کے پھولوں کے درمیان دو زانو ہو گئی۔ اس طرح کہ اس
کے چاروں طرف پھول ہی پھول تھے۔ پھر اس نے نرے کے پھولوں پر اپنی
انگلیاں بڑے پیار سے پھیریں۔ پھر اس نے دونوں ہاتھ اٹھا کر تصور ہی تصور
میں ان پھولوں کی چادر اپنے سر پر ڈال لی اور ایک لمبا سا گھونگھٹ نکال کر

نہ تھا۔ اب کہ جب انہوں نے نرمے کے خوب صورت پھولوں کو ایک بوٹے کھیت میں یکجا کھلتے ہوئے دیکھا تو وہ ایک لمحے کے لئے تو حیرت سے ششدر کھڑے رہ گئے۔ کتنے خوبصورت پھول تھے۔ نادیدہ حسرتوں کی طرح نرم اور بچپن کی خواہش کی طرح سپید اور بے داغ۔ اس سے پہلے اسے یہ خیال کیوں نہ آیا تھا۔ یہاں پر وہ چونک پڑتے اور تعریفی نگاہوں سے ساجد کی طرف لپک کر بڑھ جاتے' اور اس سے بغل گیر ہو کر اس کی فراست کی داد دیتے۔

پھر دور سے خان زمان اپنی روزا گھوڑی پر سوار آتا ہوا دکھائی دیا۔ اور ڈھول زور زور سے بجنے لگا اور گاؤں کے لوگ تیز اور چست ہاتھوں سے کھیتوں میں چنائی کرنے لگے۔

خان زمان اپنی محبوب گھوڑی کو دکی چلاتے ہوئے کھیتوں کے قریب آیا۔ گھوڑی سے اترا۔ لگام آڑو کے پیڑ کے تنے سے باندھ کر نرمے کے کھیت میں آگیا اور زینب کے قریب کھڑا ہو گیا۔ ساجد کا دل دھڑکنے لگا۔

زینب' خان زمان کو اپنے قریب دیکھ کر خوشامدانہ انداز میں مسکرانے لگی۔ خان زمان نے اس کی مسکراہٹ کی کوئی پروا نہیں کی۔ وہ چند لمحوں تک اس پھیلی ہوئی خوب صورتی کو دیکتا رہا۔ چند لمحوں تک زینب کی خوب صورتی اس کے دل سے محو ہو گئی اور پھولوں کی خوبصورتی اپنے بھرپور شباب میں ابھر آئی۔ وہ ہولے ہولے اپنے آس پاس کے نرم نرم نرمے کے پھولوں پر ہاتھ پھیرنے لگا۔

زینب نے آہستہ سے کہا۔ "ہائے ان پھولوں کا سوت تو ریشم کے تاروں سے بھی ملائم اور نرم ہو گا۔"

"ہاں۔" خان زمان آہستہ سے بولا اور پھولوں پر ہاتھ پھیرتا رہا۔

زینب بولی۔ "میرے خیال میں ان پھولوں کو دوسرے پھولوں میں گنڈم

نہ کر دینا چاہئے بلکہ ان پھولوں کو جمع کرکے ان کا سوت سب سے الگ تیار کرنا چاہئے۔"

"تم ان کا سوت تیار کرو گی؟" خان زمان نے پوچھا اور بدستور پھولوں پر ہاتھ پھیرتا رہا۔

"کیوں نہ کروں گی؟" زینب بڑے اشتیاق سے بولی۔ "میں خود اس روئی کی نرم نرم پونیاں بناؤں گی اور اپنے ہاتھ سے ان پونیوں کو بل کی طرح پٹلے سوت میں کاتوں گی اور پھر اسی سوت سے اپنی جا ۔۔۔۔۔۔۔"

یکایک خان زمان نے اپنے پھولوں سے اپنے ہاتھ ہٹالئے اور انہیں اس زور سے زینب کے کندھے پر رکھا کہ زینب سہم گی۔ خان زمان مسکراتے ہوئے بولا۔ "تم جلد سے جلد اس سوت کو کات دو۔ تو میں اس سوت کو موضع کیل کے جولاہے امیر بخش کے ہاں بھیج دوں گا اور وہ اس سوت سے میرے لئے ایسی لنگی بنائے گا کہ پشاور کے کسی بڑے سے بڑے خان کے پاس بھی نہ ہو گی۔"

ایک لمحے کے لئے ساجد کو زمین اور آسمان ناچتے ہوئے دکھائی دیے اور اس کے کانوں میں اک طوفان کا سا شور اٹھا اور وہ سن نہ سکا کہ زینب نے جواب میں کیا کہا۔ اسے ایسا محسوس ہوا جیسے وہ گرنے کے قریب ہے مگر اس نے بڑی مشکل سے اپنے حواس پر قابو پایا اور وہ چکراتے چکراتے بچا۔ تھوڑی دیر کے بعد جب اس نے اپنے حواس مجتمع کئے تو اس نے دیکھا کہ زینب سر جھکائے پھول چن رہی ہے اور خان زمان وہاں سے جا چکا ہے!

اس رات پھر ساجد اپنے کھیت کی مینڈھ پر تھا مگر اکیلا۔ آج زینب نہ آسکی تھی کیونکہ آج رات زینب ڈیوٹی پر تھی۔ آج ساجد اپنے کھیت کے سامنے اکیلا بیٹھا تھا۔ اور اس کھیت کی روئی کے ایک ایک تار کو چن لیا گیا تھا اور ساجد کو ایسا محسوس ہوا جیسے کسی ظالم ہاتھ نے اس کھیت سے اس کی

دسواں باب

اب سردی ندھروں پر تھی اور سوت کاتتے وقت زینب کی انگلیاں پھرتی سے کام نہ کرتی تھیں۔ جب موسم ساتھ نہ دے اور دل ساتھ نہ دے تو سوت کاتنا بہت مشکل ہوتا ہے۔ چاہے وہ روئی کا سوت ہو یا زندگی کا!

مگر خان زمان بہت بے تاب نظر آتا تھا اور یہ تو اس کے مزاج کا خاصا تھا کہ ایک بار اس کے جی میں جو آجاتا' جب تک اسے پورا نہ کرلیتا اسے چین نہ آتا تھا۔ اسے زینب اور ساجد کے دل کی تو کوئی خبر نہ تھی۔ مگر اس کا دل ان پھولوں پر آگیا تھا اور ان پھولوں کو دیکھتے ہی اس کے ذہن میں نرے کی لگی اور اس کے مشہور شملے کی تصویر کھنچ گئی تھی اور اب وہ بھی پہننے کے لئے اس قدر بے تاب تھا کہ دن رات زینب کے پیچھے پڑا رہتا ...... سوت جلدی کاتو' سوت جلدی کاتو ...... اور زینب چپ چکنے کام کرتی۔ حتیٰ کہ

سوت کاتتے کاتتے اس کی انگلیاں دکھنے لگتیں۔ ایک بار اس نے خان زمان کو مشورہ بھی دیا تھا کہ اگر اسے ایسی ہی جلدی ہے تو وہ روئی چار پانچ عورتوں میں تقسیم کر دے۔ کام جلدی ختم ہو جائے گا .... اس پر خان زمان نے جھلا کر کہا:

"کیا تم نے نہیں کہا تھا کہ اس کا سارا سوت تم کاتو گی؟ میں تو تمہارے ہاتھ کے کاتے ہوئے سوت کی لنگی پہننا چاہتا ہوں!"

زینب اپنے چرخے پر جھک گئی' تاکہ خان زمان اس کے آنسو نہ دیکھ سکے اور چرخہ زور زور سے گھوں گھوں کرنے لگا تاکہ خان زمان زینب کے دل کی آواز نہ سن سکے۔ اور خان زمان وہاں سے مسکراتا ہوا چلا گیا اور اسے معلوم نہ ہوا کہ وہ کتنی بڑی حقیقت کے قریب کھڑا تھا۔ اگر وہ ایک لمحے کے لئے اور رکتا تو زینب کے دل کا دہانہ ایک آتش فشاں پہاڑ کی طرح پھٹ پڑتا اور ابلتے ہوئے لاوے کی طرح اس کے سامنے آجاتا....

خان زمان کے جاتے ہی زینب پھوٹ پھوٹ کر رونے لگی۔ کس نے اپنے ہاتھوں سے اپنے دل کے یوں ٹکڑے ٹکڑے کئے ہوں گے کس نے اپنی آرزوؤں کو یوں دھنک دھنک کر رکھ دیا ہو گا۔ کس نے اپنے آنسوؤں سے بھگو بھگو کر ہر روز یوں اپنے غم کو کاتا ہو گا؟ اس نے رو رو کر چرخے سے پوچھا

اور چرخہ بولا۔ گھوں گھوں گھوں ..... میں تو زندگی کا چکر ہوں اور ہمیشہ چلتا رہتا ہوں گھوں گھوں اور تقدیر کی وہی روئی کاتتا ہوں جو انسان کے ہاتھ بجھے دیتے ہیں گھوں گھوں گھوں ..... اب چاہے کوئی بجھے پر خوشیاں کات لے یا غم کات لے' اس کی اپنی ہمت ہے۔ گھوں گھوں' تم وہی اوڑھو گے جو مجھ پر کاتو گے' کیونکہ میں چکر ہوں زندگی کا اور اسی طرح ہمیشہ چلتا رہوں گا۔ گھوں گھوں گھوں ......

چرخے کی گھوں گھوں سے گویا اک سوال سا الٹتا جیسے زینب کے محنت کرنے والے ہاتھوں نے اس کے دل میں ایک ننھے سے بیج کی طرح بو دیا۔ وہ بیج زینب کے آنسوؤں کی نمی پاکر دل کی سطح سے اوپر ابھر آیا اور ایک ہری کونپل کی طرح زینب کے تصور میں لہلہانے لگا۔ ایک ننھے سے سوال کی طرح! اور زینب حیرت سے اس کی طرف دیکھتی گئی۔ چرخہ چلاتی گئی اور اس کی طرف حیرت سے دیکھتی گئی .....؟

پھر سوت کی اٹیاں بنیں اور اٹیوں کے لچھے اور لچھوں کے گٹھے اور گٹھوں کے گٹھے۔ پھر ایک دن زینب نے وہ سارے سوت کے گٹھے اٹھاکر خان زمان کے قدموں میں رکھ دیے۔

خان زمان نے اسی وقت ساجد کو بلایا۔ زینب وہیں کھڑی تھی۔ جب ساجد آگیا تو خان زمان نے اس سے کہا۔ "یہ گٹھے لے جاؤ۔ امیر بخش جولاہے کے گھر پر' موضع کیل میں۔ اور اس سے کہو کہ اس سوت سے میرے لئے ایک لنگی تیار کر دے پندرہ دن میں!"

ساجد نے کہا۔ "مگر وہ تو آپ کی لنگی ایک مہینے میں تیار کرتا ہے!"

خان زمان ذرا جھنجھلا سے بولا۔ "مگر یہ لنگی پندرہ دن میں تیار ہو گی۔ اسے بول دو۔ میں مری کے گھوڑوں کے میلے میں یہی لنگی پہن کر جاؤں گا۔"

ساجد نے جھک کر خان زمان کے قدموں سے نرے کے سوت کے سارے گٹھے اٹھا لئے اور زینب کی طرف دیکھے بغیر کمرے سے باہر نکل گیا۔

اور جب پندرہ دن گزر گئے اور امیر بخش جولاہا کیل سے لنگی لے کر نہ آیا تو خان زمان نے ساجد کو بلا کر کہا:

"امیر بخش نہیں آیا!"

"ہاں نہیں آیا؟" ساجد بولا خان زمان نے کڑک کر پوچھا۔

"کیوں نہیں آیا؟"

ساجد بولا۔ "مجھے نہیں معلوم!"

"تم نے اسے سوت دے دیا تھا؟"

"جی ہاں۔"

"اور اس سے کہہ دیا تھا کہ پندرہ دن میں لگی تیار کر دے۔"

"جی ہاں۔"

"پر وہ لگی تیار کرکے کیوں نہیں لایا؟" خان زمان کے جبڑے غصے سے تن گئے۔

ساجد نے سر جھکا لیا مگر خاموش رہا۔

خان زمان بڑی بے چینی سے بولا۔ "تم ابھی جاؤ گے اور اس کے گھر پر بیٹھ جاؤ گے۔ جب تک وہ تمہیں لگی تیار کرکے نہ دے۔ سن لیا۔"

"جی ہاں!" ساجد سر جھکائے بولا۔

"تو جاؤ۔ یہاں کھڑے کھڑے کیا کر رہے ہو؟"

ساجد کمرے سے باہر چلا گیا تو خان زمان زینب سے کہنے لگا۔

"یہ جولاہا بڑا کام چور ہے۔ اگر میرے گاؤں میں ہوتا تو کم بخت کی کھال کھینچ لیتا۔ اسے اچھی طرح سے معلوم ہے کہ میں مری میں گھوڑوں کے میلے پر یہ لگی اپنے پشاوری کلاہ پر باندھ کر جانا چاہتا ہوں۔ مگر وہ کم بخت ہے کہ ـــــ"

یہ کہتے کہتے خان زمان غصے سے کمرے سے باہر نکل گیا۔

زینب چپ چاپ کھڑی رہی۔ اس کا چہرہ فق تھا اور دل زور زور سے دھک دھک کر رہا تھا۔

دو دن تک ساجد نہیں آیا اور خان زمان دو دن تک بڑی بے چینی سے اس کا انتظار کرتا رہا۔

تیسرے دن آسمان پر گہرے بادل چھا گئے۔ شام تک برفباری شروع ہو گئی۔ سردیوں کی پہلی برف باری' تو خان زمان نے مایوسی سے آسمان کی طرف دیکھ کر کہا۔ "وہ حرام زادہ آج بھی کیا آئے گا؟"

یہ کہہ کر اس نے اپنے کمرے کا دروازہ اندر سے بند کر لیا اور اپنی سب بیویوں کو چھٹی دے دی۔ کبھی کبھی جب وہ بہت غصے میں ہوتا تو ایسا بھی کرتا تھا۔ اپنے کمرے میں محصور ہو کر رہ جاتا تھا اور اپنی رائفلوں کو نکال کر صاف کرنے لگ جاتا تھا۔ اسے ایسا محسوس ہوتا تھا جیسے وہ اپنے کمرے میں ایک گہری خندق میں ہے اور دشمن کا انتظار کر رہا ہے۔ اس احساس سے اسے اک وحشیانہ خوشی محسوس ہوتی تھی۔

بہت رات گئے ساجد گھر لوٹا۔ برف گر رہی تھی اور گرتی ہوئی برف کے گہرے دبیز غالیچوں میں کسی نے اس کے قدموں کی چاپ نہ سنی۔ اور وہ خاموشی سے ایک پٹو کا کمبل لپیٹے ہوئے اور کمبل کے اندر ایک چھتری چھپائے ہوئے اپنے کمرے میں داخل ہو گیا اور داخل ہوتے ہی اس نے کمرہ اندر سے بند کر دیا۔ اپنا کمبل اتارا اور پچھلی کھڑکی کھول کر اپنے کمبل پر گری ہوئی برف کو جھاڑا اور جھاڑ کر اسے کھونٹی پر ٹانک دیا۔ پھر اس نے دونوں ہاتھوں کو زور سے مسلا اور جیب سے ایک دیا سلائی نکال کر طاقچے کا دیا جلا کر بستری کی طرف مڑا تو مزاجاً منتشک کر کھڑا ہو گیا۔

بستر پر زینب بیٹھی تھی۔ آج اس نے بڑے خوبصورت کپڑے پہن رکھے تھے اور اس کے بالوں کی میڈھیوں پر موم لگا ہوا تھا اور آنکھوں میں کاجل تھا اور آنسو بھی تھے اور ہونٹوں پر غم کی لکیر تھی اور خوشی کی جھلک بھی۔ اور وہ اپنے دونوں ہاتھ اپنے سینے پر رکھے اس کی طرف دیکھ رہی تھی

.....

ساجد نے مسرور نگاہوں سے اس کی طرف دیکھ کر کہا۔

"تمہیں کیسے معلوم ہو گیا کہ میں آج ضرور آؤں گا۔"

"تم نے وعدہ جو کیا تھا؟"

"مگر اس برف کے طوفان میں بھی؟" ساجد نے پوچھا

"ہاں۔ چاہے کتنا ہی بڑا طوفان ہوتا۔ تم ضرور آتے آج!"

زینب بولی۔

"کیوں؟"

"مجھ سے تم نے وعدہ جو کیا تھا!" زینب اسے پیار اور شوخی سے تاکتے

ہوئے بولی۔

ساجد نے گٹھڑی چارپائی پر رکھ دی اور زینب کے قریب بیٹھ گیا۔

گٹھڑی کو دیکھ کر زینب کا دل بجھ گیا۔

"لنگی لے آئے؟" وہ کمزور آواز میں بولی۔

"ہاں!" ساجد نے بڑی سنجیدگی سے کہا

"اس گٹھڑی میں ہے؟"

"ہاں۔"

"دیکھ لوں؟" وہ پچکائی۔

"ہاں دیکھ لو۔" وہ سیدھی ۔پاٹ آواز میں بولا۔

"نہیں دیکھ کر کیا کروں گی؟" زینب بڑی آزردگی سے بولی۔ اور منہ

پھیر لیا۔

ساجد نے آہستہ سے گٹھڑی کھولی۔ بہت آہستہ سے لنگی کو بے نقاب

کیا۔ آہستہ سے اس کی تہیں کھولیں اور جب اسے بالکل ہی کھول دیا تو

اسے دھیرے سے اٹھاکر زینب کے سر پر ڈال دیا۔

"ہائے۔" کہہ کر زینب جو مڑی تو دیکھ کر حیران رہ گئی۔ کیونکہ اس کے

سر پر کوئی لنگی نہ تھی بلکہ چادر تھی۔ وہی اس کے سپنوں کی پیاری پیاری

چادر جو برسوں سے اس کے تصور میں جگمگلاتی تھی۔ مہینوں جس کے لئے اس نے سوت کات کر اپنے ہاتھ سے تیار کیا تھا۔ وہ خوبصورت چادر چاندنی کی چمک اور نیل مگن کی جھلک لئے اس کے سر پر اس کے شانوں پر پڑی تھی۔ گویا ایک ٹھنک ملائم ریشمی جذبے کا آبشار بن کر اس کے دل میں اتری جا رہی تھی۔ ایک لمحے کے لئے زینب نے خوشی کی ایک بجلی سی چیخ مار کر اس چادر کو دونوں طرف سے اپنے چہرے کے گرد تان لیا۔ اور گھونگھٹ بنا کر اس میں سے شرما کر ساجد کی طرف دیکھا جیسے پہلی رات کی دلہن اپنے محبوب شوہر کو دیکھتی ہے۔ پھر اس نے اپنے سارے چہرے کو اسی چادر میں چھپا لیا اور دیر تک اسے اپنے رخساروں پر ملتی رہی۔ پھر اسی چادر کے پیچھے اپنا چہرہ چھپائے ہوئے گلوگیر لہجے میں بولی

"مگر یہ تم نے کیا کیا؟ ..... یہ تم نے کیا کیا؟"

"میں نے وہی کیا۔ جس کا میں نے تم سے وعدہ کیا تھا!" ساجد آہستہ سے بولا۔

"مگر تمہیں تو لگی بنانے کے لئے کہا گیا تھا۔"

"ہاں مگر میں نے جولاہے سے تمہاری چادر بنانے کے لئے کہہ دیا تھا۔"

"ہائے! تم نے یہ کیا کیا؟" زینب چادر کے پیچھے سے سرگوشی میں بولی ..... "اور اب کیا ہو گا؟"

ساجد نے کچھ کہا نہیں۔ وہ دھیرے سے آگے بڑھا۔ اس نے بڑی نرمی سے دونوں ہاتھوں سے اس چادر کی تہیں کھولیں۔ اسی چادر میں سے زینب کا آنسوؤں میں بھیگا ہوا چہرہ نمودار ہوا۔ اس کی بڑی بڑی آنکھیں دیر تک خاموشی سے ساجد کو گھورتی رہیں۔ پھر ساجد نے ان آنکھوں کو چوم لیا۔ ان رخساروں کو چوم لیا' ان ہونٹوں کو چوم لیا اور دھیرے سے بولا:

"یہ چادر تمہاری تھی۔ اس پر کسی دوسرے کا حق نہ تھا جاناں!"

زینب اس کی طرف پھٹی پھٹی نگاہوں سے دیکھتے ہوئے بولی:

"وہ تمہیں مار ڈالے گا!"

ساجد نے اثبات میں سر ہلایا۔ "ایسا ہو سکتا ہے!"

"نہیں نہیں ......" زینب گھبرا کر بولی اور اسے اپنے آپ سے الگ کرتے ہوئے بولی۔ "نہیں، نہیں، تم یہاں نہیں رہو گے۔ تم آج ہی رات بھاگ جاؤ گے۔ کہاں لے ' مری ' پنڈی ' کہیں بھی۔ مگر اس ظالم کی پہنچ سے بہت دور ...... تم یہاں نہیں رہو گے۔"

"میں یہیں رہوں گا۔"

"نہیں نہیں' تم آج ہی اسی وقت یہاں سے چلے جاؤ گے ...... خدا کے لئے ساجد ...... چشم اس کے کہ کوئی تمہیں دیکھ لے ' تم یہاں سے چلے جاؤ۔"

"اچھا چلا جاؤں گا۔" ساجد نے اندھیرے میں دھیرے سے کہا۔ پھر وہ رک کر بولا۔ "مگر میری بھی ایک شرط ہے!"

زینب چونکی اور اس کے سامنے پھر وہی سوال آیا۔ جو اس روز چرخہ چلاتے چلاتے اس کے ذہن میں ابھرا تھا۔ اس وقت بھی وہی ننھا سا سوال اس کے سامنے ابھرنے لگا۔

"تم میرے ساتھ چلو گی!" ساجد مضبوطی سے بولا۔

زینب کا سانس رک گیا' وہ غور سے اس سوال کو دیکھنے لگی۔ جو ابھرتا ...... ابھرتا ...... ابھرتا ...... چلا آرہا تھا' وہ چھوٹا سا سوال اب ایک بہت بڑا درخت بن گیا۔ پھر وہ سوال ایک بہت بڑا فیصلہ بن گیا اور زینب اس گرتی ہوئی برف' اس پھیلتے ہوئے اندھیرے میں اور کچھ نہ دیکھ سکی۔ اس کی سانس یوں پھسل کر باہر نکلی جیسے اس کی جان نکلی جا رہی ہو۔ اس نے اپنے

آپ کو ساجدہ کے بازوؤں میں گرتا ہوا اور ساجدہ کو سارا دیتے ہوئے محسوس کیا اور وہ آہستہ سے بولی:

"اچھا۔ چلوں گی۔ تم جہاں لے جاؤ گے چلوں گی۔" وہ سسکیاں لے کر بولی۔

گیارہواں باب

سبھدم گو برف تھم گئی تھی ۔ لیکن آسمان بدستور ابر آلود تھا۔ دیر تک ڈھونڈنے کے بعد :جب زینب کسی کو نہ ملی تو خان زمان نے دیکھا کہ ساجد کے کمرے کی کھڑکی کے باہر دو آدمیوں کے قدموں کے نشان ہیں جو اصطبل تک گئے ہیں۔ پھر وہاں سے ایک گھوڑی کے نشان ملتے ہیں جو برف میں دور تک اسی راستے پر چلے گئے ہیں جو کوہالے کو جاتی ہے.....

بارہواں باب

برف پھر گر رہی تھی اور وہ لوگ روزا گھوڑی کو کھو چکے تھے۔ رات بھر روزا ان کی ایڑی کے نیچے چلتی رہی۔ کبھی تیز چلتی رہی۔ کبھی آہستہ چلتی رہی، مگر بے دلی سے چلتی رہی جیسے اس کے دل میں شبہ پیدا ہو گیا ہو۔ اسے وہ پسند نہ کرتی ہو۔ وہ کئی بار راستے میں اڑیل ہو گئی۔ کئی بار اندر سے ہنہنائی۔ جیسے اپنے مالک کو مدد کے لئے پکارتی ہو۔ مگر ساجد اسے ایڑی لگا کر چلاتا ہی رہا وہ رات بھر بر بناری میں چلتے رہے۔ برف کبھی بند ہو جاتی۔ کبھی گرنے لگتی۔ کبھی بجلی ہواؤں کے تیز جھکڑ آتے اور سمندری لہروں کی طرح ان کے رخساروں پر تھپیڑے مارتے ہوئے چلے جاتے اور نیچے یوں وادیوں میں گونجتے جیسے کوئی دیو زاد مانس گند مانس گند کرتا ہوا انسان کے خون کا متلاشی ہو۔ سورج صبح کو بھی نہ نکلا۔ سپید بادلوں کی گہری چادر مشرق سے

مغرب تک آسمان پر تنی رہی اور وہ کوہالے کی سمت کچی سڑک پر چلتے رہے حتیٰ کہ زینب بھوک اور سردی سے بے تاب فش کھانے لگی۔ ساجد نے اس کے ہاتھ پاؤں ملے، اسے تسلی دی اور سڑک کے نیچے ایک گاؤں کو آباد دیکھ کر وہاں سے کھانا مانگنے کے لئے کھائی کے نیچے اتر گیا اور روزا کی باگ زینب کے ہاتھ میں تھما دی۔

ابھی وہ چند قدم ہی نیچے کو گیا تھا کہ اسے زینب کی چیخ سنائی دی۔ مڑ کر دیکھا تو روزا کی باگ زینب کے ہاتھ میں نہ تھی اور گھوڑی راستے پر واپس سرپٹ چلی جا رہی تھی۔ ساجد جلدی سے پلٹا اور اوپر سڑک پر آ کر تیزی سے گھوڑی کا تعاقب کرنے لگا۔ مگر روزا اب آزاد ہو چکی تھی۔ اس کی تیز رفتاری کو ساجد کہاں سے پہنچ سکتا تھا۔ چند منٹ تک دوڑ کر ہانپ گیا اور چشمہ کے درخت کے باہر نکلی ہوئی ایک جڑ پر بیٹھ کر پسینہ پونچھنے لگا۔ زینب بھی اس کے پیچھے پیچھے دوڑتی ہوئی آپہنچی اور مایوس ہو کر اس کے پاس بیٹھ گئی ..... اس کی آنکھوں میں آنسو تھے۔

"روزا کیسے بھاگی؟" ساجد نے پوچھا۔

"مجھے پتہ ہی نہیں چلا۔" زینب سسکیاں لیتے ہوئے بولی۔ "ایک پل پہلے اس کی باگ میرے ہاتھ میں تھی۔ دوسرے پل میں نے زور کا ایک جھٹکا محسوس کیا اور باگ میرے ہاتھ سے چھوٹ گئی۔ اور روزا بھاگ گئی ..... یہ جنم جلی بیش بھی مجھ سے نفرت کرتی ہے ..... یہ اچھا نہیں ہوا۔" زینب نے متوحش ہو کر کہا۔ "اب یہ سیدھی گھر جائے گی اور سب کو معلوم ہو جائے گا۔"

"اب تک سب کو معلوم ہو چکا ہو گا!" ساجد نے سنجیدگی سے کہا۔ "مگر یہ گھوڑی ہوتی تو ہمیں وقت سے پہلے کوہالے کے پل کے پار پہنچا دیتی ..... پھر کوئی خطرہ نہ تھا ....."

"اب کیا ہو گا؟" زینب رونے لگی

"رونے سے تو کچھ بھی نہ ہو گا۔" ساجد اسے اپنے گلے سے لگاتے ہوئے بولا۔ "میں ذرا نیچے گاؤں میں جاتا ہوں۔ معلوم کرتا ہوں۔ ہم کہاں ہیں۔ کم بخت اس برف باری نے راستوں کے نشان تک مٹا ڈالے ہیں۔ پتہ ہی نہیں چلتا۔ ہم کہاں ہیں؟ میں ذرا نیچے جاکے معلوم کرتا ہوں اور کھانا بھی مانگتا ہوں کسی سے۔ اگر کوئی دے دے۔"

"مجھے اکیلے چھوڑ کے کہاں جا رہے ہو؟" زینب اس کا ہاتھ پکڑ کر خائف لہجے میں بولی۔ "میں بھی تمہارے ساتھ چلوں گی۔"

ساجد اسے سمجھاتے ہوئے بولا۔ "کیا معلوم کس کا گاؤں ہے۔ کون یہاں بستا ہے؟ کیا معلوم خان زمان کا کوئی رشتے دار ہی یہاں رہتا ہو۔ تمہارے جانے سے سب کو شبہ ہو گا۔" ساجد اس کے کندھے کو تھپتھپاتے ہوئے بولا۔ "تم یہیں بیٹھو میں ابھی آتا ہوں۔"

زینب کا جی تو نہیں چاہتا تھا مگر طوعاً و کرہاً اس نے ساجد کو جانے دیا۔ وہ دیر تک مڑمڑ کر اس راستے کی طرف دیکھتی رہی۔ جدھر سے وہ دونوں آئے تھے۔ کبھی راستے کی طرف دیکھتی، کبھی نیچے گاؤں کی طرف اور پھر سردی سے کانپنے لگی ......

تھوڑے عرصے کے بعد ساجد واپس آیا۔ اب اس کے تھکے ہوئے چہرے پر مسرت کی چمک تھی۔ وہ اپنے ساتھ کھی کی دو بڑی بڑی روٹیاں اور دال کا سالن بھی لایا تھا۔

ساجد نے کہا۔ "ہم ٹھیک راستے پر جا رہے ہیں۔ کوہالہ یہاں سے صرف نو میل دور ہے لیکن سڑک پر چلنے سے اب خطرہ ہے۔ کیونکہ اب تو پیدل چلنا ہو گا۔ اور کوئی بھی تیز رفتار گھوڑی اب ہمیں پکڑ سکتی ہے۔"

"ہائے!" زینب نے خوف سے اپنے منہ پر اپنا ہاتھ رکھ لیا۔

"مگر ایک چھوٹا سا راستہ ہے جو ڈھکی ڈھکی ادھر سے جاتا ہے۔ اس راستے سے گھوڑا نہیں جا سکتا۔ ہم اس راستے سے چلیں گے اور بہت جلد کوہالے پہنچ جائیں گے۔ اس راستے سے کوہالہ صرف چھ میل دور رہ جاتا ہے۔"

"مگر کیسے معلوم ہو گا۔ تم ٹھیک راستے پر جا رہے ہو؟ کہیں راستہ بھول گئے تو ......؟" زینب نے اعتراض کیا۔

"نہیں بھول سکتے!" ساجد نے کہا۔ "مجھے گاؤں والوں نے راستہ بتا دیا ہے۔ اس گھاٹی کے ادھر جا کر بڑی ڈھکی پر چڑھ کر جب دیکھیں گے تو دوسری طرف بالکل سامنے ملایالوں کا پرانا قلعہ نظر آئے گا۔ بس وہاں تک پہنچ گئے تو سمجھو کوہالے پہنچ گئے۔ ملایالوں کے قلعے سے کوہالہ صرف دو میل کے فاصلے پر ہے اور راستہ اترائی کا ہے بلکہ اگر آسمان صاف ہو گیا تو ملایالوں کے قلعے سے کوہالے کا پل اور جہلم پار کا علاقہ صاف نظر آئے گا۔ میں نے سب معلوم کر لیا ہے۔" ساجد نے بڑی محبت سے زینب کے کندھے پر ہاتھ رکھا۔ "اب چلو۔ دیر نہ کرو۔"

"مجھے سخت بھوک لگی ہے!"

"دیکھ لو۔ روٹی بھی لایا ہوں۔ وہ نمبردار بہت اچھا آدمی تھا۔"

"کسی کو شبہ تو نہیں ہوا؟"

"نہیں، بالکل نہیں، اب چلو۔"

"مگر مجھے سخت بھوک لگی ہے۔" زینب ٹھنک کر بولی

"راستے میں کہیں کھائیں گے۔ اب یہاں رکنا خطرے سے خالی نہیں ہے۔" ساجد نے تشویش ناک نگاہوں سے نیچے تاکتے ہوئے کہا۔ "اب اس وقت برف بھی تھم گئی ہے۔ پدرے پدرے نکل جائیں گے۔"

"اچھا۔" کہہ کر زینب سیدھا راستہ چھوڑ کر ساجد کے پیچھے پیچھے گھاٹی

پر ہو لی۔

گھائی اتر کر انہوں نے ایک چھوٹے سے نالے کو پار کیا۔ نالہ پار کرکے وہ ایک اونچی ڈھلانی ڈھکی پر چڑھنے لگے۔ یہاں میز نوکیلی چٹانیں، قمیں اور راستہ اس قدر تنگ تھا کہ ایک وقت میں صرف ایک آدمی اوپر چل سکتا تھا۔ برف کی وجہ سے پھسلن اور بڑھ گئی تھی۔ ساجد نے زینب کو اپنے آگے چلنے کے لئے کہا۔ تاکہ اگر زینب کا پاؤں اوپر جانے میں پھسلے تو وہ پیچھے سے اسے تھام لے اور زینب دو دفعہ پھسلی بھی۔ اور ایک دفعہ تو وہ دونوں پھسلے۔ اور کئی فٹ نیچے گرتے چلے گئے۔ آخر میں چیڑھ کے ایک چھوٹے سے جنگل میں جا گرے۔ دونوں کے ہاتھ پاؤں چھل گئے۔ خون بہنے لگا۔ چوٹیں معمولی تھیں۔ کچھ عرصے کے بعد ایک دوسرے کو سہارا دیتے ہوئے وہ دونوں اٹھے اور پھر آگے کو روانہ ہوئے۔

خدا خدا کرکے کسی طرح وہ اس اونچی ڈھکی پر چڑھ گئے تو انہیں اس اونچائی سے ذرا نیچے کی طرف ایک ڈھکی پر ملایالوں کا پرانا قلعہ نظر آیا ایک قد آور پرانا قلعہ بڑے بڑے نیلے پتھروں کا بنا ہوا جس کے بہت سے برج اور گنبد ڈھے چکے تھے اور جس کی دیواروں کے ارد گرد بادل گھوم رہے تھے۔

"وہ رہا ملایالوں کا قلعہ!" ساجد نے خوشی سے چلا کر کہا۔

"وہاں تک کون جائے گا۔ میرے تو ہاتھ پاؤں سن ہوئے جا رہے ہیں۔"

"ہم دونوں جائیں گے۔" ساجد نے بڑی مضبوطی سے کہا۔ "اور اگر تم سے نہ چلا جائے گا تو میں تمہیں اپنے کندھے پر اٹھا کر لے چلوں گا۔"

"مجھے بھوک لگی ہے۔" زینب بھوک سے بیتاب ہو کر بولی۔

"تھوڑا راستہ اور چل لیں۔ قلعے تک پہنچ جائیں گے تو وہاں کھانا کھائیں گے۔ یہاں ایک پل ایک گھڑی ضائع نہیں کرنی چاہئے اس وقت!"

اس ڈھکی سے نیچے اترتے اترتے بادلوں نے انہیں گھیر آلیا۔ سفید سفید دھند چاروں طرف چھا گئی ۔ چار گز کے فاصلے پر راستے کا نشان نہ ملتا تھا۔ انہیں یہ بھی معلوم نہ ہو سکا کہ وہ قلعے کی طرف جا رہے ہیں یا کسی خطرناک چٹان کے آخری سرے پر قعرِ فنا میں گرنے کو جا رہے ہیں۔ معلوم نہیں کتنی دیر تک وہ دونوں محض اندازے سے سفر کرتے رہے۔ نیچے اترتے رہے اور اوپر چڑھتے رہے۔ پھر بادل برسنے لگے۔ پھر کریڑی اترنے لگی۔ پھر اولے پڑنے لگے۔ پھر چاروں طرف سناٹا چھا گیا اور انتہائی خاموشی سے برف گرنے لگی۔ پھر آہستہ آہستہ زینب سسک سسک کر رونے لگی۔

ایک طویل عرصے کے بعد سامنے سے ذرا دھند کی چھٹی اور انہیں بادلوں کے مرغولوں میں نیلے پتھروں والے قلعے کا گرا ہوا دروازہ نظر آیا اور زینب نے ایک لمبی سانس لے کر آگے چلنے سے انکار کر دیا۔ واقعی اس کے چہرے سے معلوم ہوتا تھا کہ اگر اسے ستانے کے لئے وقت نہیں دیا گیا تو وہیں دم توڑ دے گی۔

برف بہت تیزی سے گر رہی تھی۔ ساجد نے تھکی ہاری زینب کو اپنی بانہوں میں اٹھا لیا اور گرتی ہوئی دیواروں کے اندر چل دیا کہ کہیں پر کوئی جائے پناہ ڈھونڈ سکے۔

جو برآمدے کبھی پھنتے ہوئے تھے وہاں سے اب برف گر رہی تھی۔ جو غلام گردشیں کبھی مشعلوں سے روشن ہوتی تھیں وہاں سے آسمان جھانک رہا تھا۔ بہت سے کمروں کی دیواریں چھتوں سمیت ڈھے گئی تھیں۔ کہیں کہیں اکا دکا ستون کھڑے تھے۔ ساجد سب جگہوں سے گزرتا ہوا قلعے کی آخری دیوار سے ٹلے ہوئے کمرے میں جا پہنچا۔ صرف اس کمرے کی چھت باقی تھی۔ وہ بھی جگہ جگہ سے ٹپک رہی تھی۔ اس کمرے سے بھی سیاہ و سبز کائی کی سیلن کی اور چمگادڑوں کی بیٹ کی بو آتی تھی۔ اس کمرے کی آخری دیوار

کا ایک حصہ بھی ڈھے چکا تھا اور اس میں سے اور نیچے سے آنے والا ایک شور سا بلند ہو رہا تھا۔ جیسے کوئی آبشار کہیں گر رہا ہو۔

ساجد نے ادھر ادھر دیکھ کر ایک کونے میں زینب کو بٹھا دیا۔ گیلے کپڑے نچوڑے۔ پھر پوٹلی کھول کر کھانا کھایا۔ پھر ساجد نے ادھر ادھر دیکھ کر ایک پرانی شہتیری کا ٹکڑا ڈھونڈ نکالا اور اسے دیا سلائی سے جلایا ..... تھوڑی دیر کے بعد دونوں آگ تاپنے لگے۔ جب جاکے زینب کی آنکھوں میں مسرت اور اطمینان کی چمک پیدا ہوئی اور وہ بولی۔ "یہ شور کیسا ہے۔ جیسے کہیں آبشار گر رہا ہو؟"

"یہ جہلم کے پانیوں کی آواز ہے!" ساجد خوشی سے بولا۔ "اگر اس وقت موسم کھلا ہوتا تو ہمیں یہاں سے کوہالے کا پل اور جہلم کا دریا اور جہلم کے پار کا علاقہ اور کوہ مری کو جانے والی سڑک بھی نظر آتی!"

"سچ؟" زینب مسرت بھرے لہجے میں بولی۔

"ابھی تھوڑی دیر میں تم خود اپنی آنکھوں سے دیکھ لو گی۔ پل پار کرکے میں تمہیں موٹر میں بٹھا کر مری لے چلوں گا اور وہاں سے راولپنڈی ..... پنڈی جہاں بڑے بڑے بازار ہیں اور سنا ہے وہاں کوئی کسی کا مالک نہیں ہے اور کوئی کسی کو بے قصور گولی نہیں مار سکتا اور کوئی کسی کے پیار کا گلا نہیں دبا سکتا ...... میں تمہیں اس شہر لے چلوں گا اور وہاں ہم دونوں میاں بیوی کی طرح ہنسی خوشی رہیں گے' غریب رہیں گے' مگر محنت مزدوری کرکے عزت کی زندگی بسر کریں گے اور ....."

اور وہ دیر تک بولتا رہا۔ شاید زینب سے نہیں اپنے خوابوں سے بولتا رہا اور اپنے مستقبل کی تصویریں کھینچتا رہا ہے اس کے اندر ایک بخار سا ہو اور اسے دھیرے دھیرے جلا تا ہو اور اسے کچھ کہنے پر اکسا تا ہو۔ وہ دیر تک زینب کو اپنے کندھے سے لگائے بولتا رہا۔ پھر یکایک چپ ہو گیا۔ کیونکہ

زینب جواب میں ہوں ہاں بھی نہیں کر رہی تھی۔ اس نے گھبرا کر زینب کی طرف دیکھا۔

زینب اس کے کندھے سے لگی سو گئی تھی۔

جلتی ہوئی شہتیری کے شعلے زینب کے رخساروں پر ناچ رہے تھے۔ اور وہ اس کے کندھے سے لگی کتنی اچھی معلوم ہوتی تھی۔ سارا کمرہ گرم گرم دھوئیں اور آگ کی حدت سے بھر گیا تھا۔ یہاں کتنا سکون تھا اور دور نیچے سے جہلم کے پانیوں کی صدا آتی تھی جیسے انہیں تھپکی دے کر سلا رہا ہو۔ سو جاؤ میرے بچو۔ اب تم منزل کے قریب آن پہنچے ہو۔ تھوڑی دیر کے لئے سستا لو۔ اور سو جاؤ۔ سو جاؤ اب کسی طرح کی پریشانی نہیں ہے .....!

غنودگی کا ایک گہرا جھپکا سا آیا اور ساجد کی آنکھیں بھی نیند سے بند ہونے لگیں۔ پھر اس کا سر بھی زینب کے سر پر جھک گیا اور وہ دونوں دیوار سے ٹیک لگائے اسی طرح بیٹھے بیٹھے سو گئے۔

خان زمان نے ان دونوں کو کئی گھنٹے کے بعد اسی حالت میں سوتے ہوئے پایا اور اس نے ٹھوکر مار کر دونوں کو جگا دیا۔ دونوں ہڑبڑا کر جاگے تو زینب کے منہ سے زور کی ایک چیخ نکل گئی۔

سامنے خان زمان رائفل تانے ان دونوں کے سامنے کھڑا تھا۔ ساجد خاموشی سے بیٹھا رہا۔ اس نے زینب کو اپنے دونوں بازوؤں میں لے لیا۔

خان زمان نے ساجد کو زور کی ٹھوکر مار کر کہا:

"اٹھو! دونوں باہر چلو ....."

خان زمان رائفل تانے دونوں کو قلعے سے باہر لے آیا۔

اب وہ دونوں ایک ستون کے سامنے کھڑے تھے اور ان کے سر پر برف گر رہی تھی۔ ان کے سامنے خان زمان رائفل تانے کھڑا تھا۔ اور ساجد نے

خان زمان کی آنکھوں میں دیکھ لیا کہ اس کی آخری گھڑی آن پہنچی ہے۔ اب نہ کوئی التجا سنی جائے گی۔ نہ کہیں سے کوئی مدد آئے گی اب اسے مرنا ہو گا.......

پہاڑ کے نیچے سے جہلم کے پانیوں کے صدا آری تھی۔ دھند چاروں طرف پھیلی ہوئی تھی۔ پھر بھی وہ اس صدا کو سن سکتا تھا۔ منزل سے اس قدر قریب اور منزل سے اس قدر دور ..... کوہالے کا ٹپی' مری روڈ' گھوڑا گلی ..... راولپنڈی ..... راجہ بازار میں وہ دونوں ساتھ ساتھ چل رہے تھے ..... زینب اور ساجد ..... منزل سے اس قدر قریب ..... منزل سے اس قدر دور

ساجد کی گرفت زینب پر مضبوط ہو گئی۔

"اپنے خدا کو یاد کرو!" خان زمان نے سیدھے سپاٹ لہجے میں ساجد سے کہا۔

ساجد نے چاروں طرف بے بسی سے دیکھا' پھر برف پر دو زانو ہو گیا اس نے آہستہ سے اپنے ہاتھ اوپر اٹھائے۔ عین اسی وقت اس کے سینے میں ایک گولی لگی اور وہ وہیں الٹا گر گیا۔

زینب ستون سے لگی کھڑی کھڑی پھٹی پھٹی نگاہوں سے اسے دیکھتی رہی۔ اس کا ہاتھ اپنے سینے پر تھا۔ دوسرا اپنے ہونٹوں پر تھا۔ اس کا چہرہ اور ستا ہوا تھا۔

"اپنے خدا کو یاد کرو۔" خان زمان نے پھر اسی سیدھے سپاٹ لہجے میں زینب سے کہا۔

"میں خدا کو کیوں یاد کروں۔ تیرے ظلم کو کیوں نہ یاد کروں؟" یکایک زینب تیز و تلخ لہجے میں بولی۔

"کوئی آخری آرزو ہے تو بول دے۔" خان زمان دانت پیس کر بولا۔

"میری آخری آرزو یہی تھی۔" زینب نے اسی شدت سے جواب دیا۔ "کہ ساجد کے ساتھ جیوں اور ساجد کے ساتھ مر جاؤں۔ سو وہ خواہش بھی اب پوری ہو رہی ہے۔"

خان زمان نے نشانہ لگانے کے لئے رائفل اوپر اٹھائی۔ زینب کے ہاتھ بے اختیار اپنے سر پر چلے گئے۔ اس نے نزع کی گیلی چادر سر سے اتار کر خان زمان کے قدموں میں پھینک دی ۔۔۔۔۔

"میں نے منت مانی تھی' اگر میرے دل کی مراد پوری ہو گئی تو میں غازی میاں کے مزار ایک چادر چڑھاؤں گی۔ لو اب یہی چادر تم غازی میاں کے مزار پر رکھ دینا۔ کیونکہ میری زندگی کی ساری مرادیں اب پوری ہو چکی ہیں!"

"کچھ اور کہنا ہے؟؟" خان زمان شعلہ بار لہجے میں بولا۔

"نہیں ۔۔۔۔۔" زینب دوزانو ہوتے ہوئے بولی۔

خان زمان نے شست سیدھی کی ۔۔۔۔

چاروں طرف دھند پھیلی ہوئی تھی اور چاروں طرف برف گر رہی تھی اور سوائے جہلم کے پانیوں کی صدا کے چاروں طرف گہرا سناٹا تھا۔ اور وہ صدا بھی صدا نہ تھی' ایسا معلوم ہوتا تھا جیسے فطرت کا دل زور زور سے دھڑک رہا ہو ۔۔۔۔۔

اور اب وہ دونوں کو قتل کرکے واپس اپنے گاؤں جا رہا تھا۔ اپنی پیاری روزا گھوڑی پر سوار' روزا جو اسے راستے میں آن ملی تھی' جس نے بھاگتے والوں کا سراغ لگانے میں اس کی اتنی مدد کی تھی' اس کی پیاری محبوب گھوڑی اس وقت اس کی سواری میں تھی اور وہ اپنے گاؤں جا رہا تھا اور زینب کی چادر اس کے کندھے پر تھی اور ساجد کی ٹوپی اس نے اتار کر اپنے

ساتھ رکھ لی تھی تاکہ گاؤں والوں کو دکھا سکے کہ اس نے اپنی بے عزتی کا پورا پورا انتقام لے لیا ہے۔ وہ گاؤں والوں کی نگاہیں کبھی نہیں بھول سکتا تھا۔ جس طرح ان لوگوں نے زینب اور ساجد کے بھاگ جانے کی خبر سن کر اس کی طرف دیکھا تھا۔ وہ نگاہ ..... جیسے کوئی بند ٹوٹ گیا اور کوئی قلعہ گر گیا اور کوئی دیو چاروں شانے چت ہو گیا ہو۔ کیسی تمتمک تھی ان نگاہوں میں! کیسی خوشی' کتنی نفرت؟ وہ ..... اسے معلوم ہی نہ تھا کہ یہ لوگ جو زندگی میں اس کے سامنے بچھے جاتے تھے' اندر ہی اندر اس سے کیسی نفرت کرتے تھے ..... مگر آج وہ انہیں دکھا دے گا ..... انہیں دکھا دے گا .....

آخری نگاہ جو اس نے گھوڑی پر سوار ہوتے وقت ان پر ڈالی تھی۔ اس آخری نگاہ میں وہ دونوں کتنے عجیب معلوم ہو رہے تھے۔ زینب ساجد کے اوپر جھکی مردہ پڑی تھی اور برف گر رہی تھی اور دونوں کے جسم برف سے ڈھک گئے تھے۔ صرف ان دونوں کے چہرے نظر آرہے تھے جیسے برف میں دو پھول کھلے ہوں۔ اور وہ ان دونوں چہروں کو دیکھ کر پاگل ہو گیا تھا اور اس نے اسی وقت ان دونوں لاشوں کو گھسیٹ کر قلعے کی پچھلی دیوار سے کئی ہزار فٹ نیچے کھڈ میں گرا دیا تھا۔ جہاں کئی ماہ بعد ان کی لاشیں دستیاب ہوں گی۔ جب شاید چیل اور گدھ ان کے جسم کو کھا جائیں گے اور تحقیقات کرنے والوں کے لئے صرف چمکتی ہوئی ہڈیاں چھوڑ جائیں گے۔

تیرہواں باب

برف ختم ہو چکی تھی، آسمان نیلا اور شفاف تھا۔ جیسے اس کی سطح پر بادل کا ایک ٹکڑا تک نہ کبھی آیا ہو۔ چاروں طرف دھوپ کھل گئی تھی۔ پھر بھی گاؤں والوں کے جسم سردی سے کانپ رہے تھے۔ کیونکہ کوہالے کی مخالف سمت سے سرد بھیگی ہوا چل رہی تھی۔ غازی میاں کے مزار کا علم زور سے پھڑپھڑا رہا تھا اور تین ہزار فٹ گہری کھڈ کے اوپر مثلث نما چٹان کے آخری کونے پر اگے ہوئے چیڑ کے درخت سے برف کی آخری جھالریں گر رہی تھیں۔ چیڑ کے نکیلے جھومروں سے تیز ہوا شور مچاتے ہوئے گزر جاتی اور برف کی جھالروں کو فضا میں بکھیر دیتی۔ تھوڑی دیر میں بیری کے جھاڑ اور چیڑ کے درخت پر برف کی ایک جھالر تک باقی نہ رہی۔ وہ دھوپ میں ایسے دھلے دھلائے صاف ستھرے کھڑے تھے جیسے انہوں نے زندگی میں کبھی

برف نہ پڑنی ہو۔

پھر کوہالے کی کچی سڑک پر سے گاؤں والوں نے خان زمان کو گھوڑی پر سوار آتے دیکھا۔ انہوں نے گھوڑی بھی پہچان لی۔ یہ روزا تھی' اور روزا کے پیچھے اس کی دوسری گھوڑی رائفل چلی آری تھی۔ جس پر سوار ہو کر خان زمان ساجد اور زینب کے تعاقب میں گیا تھا۔

روزا اور رائفل کو دیکھ کر گاؤں کے لوگ دم بخود رہ گئے۔ عورتیں کواڑوں کے پیچھے دبک گئیں اور ان کی آنکھوں میں آنسو آ گئے۔ مردوں کے دل دھک دھک کرنے لگے۔ ان کے چہرے فق ہو گئے تھے اور وہ نہایت خاموشی سے خان زمان کی طرف دیکھ رہے تھے۔

خان زمان نے کسی سے کچھ نہیں کہا۔ وہ گھوڑوں کو آہستہ آہستہ دوڑاتا ہوا گاؤں کی حدود میں داخل ہو گیا۔ رائفل اس کے کندھے پر تھی۔ اور اس کے کندھے کے دونوں طرف نرمے کی چادر پڑی تھی۔

گاؤں کے اندر داخل ہو کر اس نے گھوڑی کی رفتار ہلکی کر دی۔ اور دھیرے دھیرے کسی کی طرف دیکھے بغیر وہ غازی میاں کے مزار کی طرف بڑھنے لگا۔ آج تک غازی میاں نے اس کی ہر خواہش پوری کی تھی۔ اس لئے وہ گاؤں میں داخل ہو کر سب سے پہلے مزار کی طرف جانے لگا۔

اس کے جانے کے بعد گاؤں کے لوگ بھی اکا دکا مزار کی طرف بڑھنے لگے۔ کسی نے کسی سے کچھ کہا نہیں۔ لیکن سب مزار کی سمت اس طرح سے بڑھ رہے تھے۔ جیسے مقناطیس کی کشش سے کھنچے جا رہے ہوں۔

بیریوں کے جھاڑ کے پیچھے گذر یے اور بدلو شاہ نے جسم کو گرمانے والی چلم سلگائی ہی تھی کہ قدموں کی چاپ سنائی دینے لگی۔ خان زمان نے محراب والے بڑے دروازے کے باہر ہی دونوں گھوڑیوں کو چھوڑ دیا اور خود اندر مزار کی طرف بڑھ گیا۔ بدلو شاہ اور جھگّے نے جلدی سے چلم چھپا دی۔

خان زمان نے کندھے سے رائفل اتار کر دیوار سے لگا دی۔ اور زینب کی چادر اس نے بیری کے جھاڑ پر پھیلا دی تاکہ زینب کی آخری خواہش بھی پوری ہو جائے اور گاؤں والے بھی اس چادر کو اچھی طرح دیکھ لیں۔

پھر اس نے جیب کو نٹرول کر سیاہ رنگ کی ایک چیز نکالی۔ اس کی تہوں کو کھول کے جھاڑا' تب لوگوں نے دیکھا کہ وہ ساجد کے سر کی سیاہ ٹوپی ہے جو وہ اکثر پہنا کرتا تھا۔ خان زمان نے وہ ٹوپی بھی رائفل کے قریب کھنچی ہوئی چھوٹی چار دیواری پر رکھ دی اور قبلہ رو ہو کر فاتحہ پڑھنے لگا۔

اب بہت سے لوگ مزار کے باہر جمع ہو گئے تھے۔ لیکن مزار کے اندر جانے کی کسی کو ہمت نہ ہوتی تھی۔ وہ لوگ پیٹی پیٹی نگاہوں سے کبھی ساجد کی سیاہ ٹوپی کو دیکھتے کبھی بیری پر پھیلی ہوئی نرے کی سپید اور نیلگوں چادر کو' جو بیری کی شاخوں پر پھیلی ہوئی تیز ہوا میں پھڑ پھڑانے لگی تھی۔

یکایک ہوا کا ایک تیز جھونکا آیا اور وہ چادر شاخوں پر سے اڑ کر اوپر میں ڈولنے لگی اور خان زمان کے سر پر سے گزرنے لگی۔

چادر کو یوں اڑتے دیکھ کر مزار کے باہر چند بچے ہنسنے لگے۔ تب خان زمان نے گھبرا کر ادھر ادھر دیکھا' پھر جلدی سے اس نے چادر کو پکڑنا چاہا۔ مگر اس کا ہاتھ وہاں تک اونچا نہ جا سکا اور ہوا میں اڑتی ہوئی چادر اس کے ہاتھوں کی گرفت سے ذرا اوپر گزرتی ہوئی چلی گئی۔ اس کوشش میں خان زمان پھسلتے پھسلتے بچا۔ اس کے پھسلتے پر بچے پھر ہنسے۔ مگر پھر خان زمان کا چہرہ دیکھ کر فوراً ہی خاموش ہو گئے۔ خان زمان نہایت غصے سے چادر کی طرف دیکھ رہا تھا۔ اس کا حکم نہ ماننے والی یہ چادر کون ہوتی ہے۔

ہوا کا ایک اور تیز جھونکا آیا اور چادر کو اور اوپر اڑا لے گیا۔ اب وہ چادر مزار کے علم سے بھی اوپر اڑ رہی تھی۔ گاؤں کے سب لوگ حیرت اور اچنبھے سے اس چادر کی طرف دیکھ رہے تھے۔ جیسے کسی کرامت کو دیکھ رہے

ہوں ...... وہ چادر جیسے ان سب کے خیالوں ' خواہشوں' اور دبے دبے جذبوں کی چادر ہو۔ اور اس چادر کو دیکھ کر خان زمان کو ایسا محسوس ہوا جیسے وہ چادر اسے دیکھ رہی ہے اور اس پر ہنس رہی ہے اور گاؤں والوں کے سامنے اس کا منہ چڑا رہی ہے اور اس کی دسترس سے دور اوپر فضا میں پرواز کرتی چلی جا رہی ہے جیسے کہہ رہی ہو۔ ہمت ہو تو مجھے نیچے گرا لو ...... نیچے سے بچوں کی تالیوں اور قہقہوں کا شور سنائی دیا۔ یکایک خان زمان نے دانت پیس کر اپنی رائفل اٹھا لی اور مزار کی چار دیواری سے باہر کود گیا۔ چادر اب چیڑھ کے درخت کی طرف جا رہی تھی خان زمان نے نشانہ باندھ کر اس پر گولی چلائی ......

گولی چلاتے ہی بدلو شاہ مجذوب چلا کر بولا:

"ہا' دل دھڑکا سالی کا ...... ہا' دل دھڑکا سالی کا ......"

گولی کا نشانہ خطا گیا تھا۔ اتنی بڑی چادر اور اس کا نشانہ خطا گیا تھا۔ چادر اب اور اونچی ہو کر ہوا میں اڑ رہی تھی۔ اسے یوں ہوا میں صاف شفاف بے داغ اڑتے دیکھ کر خان زمان پاگل سا ہو گیا۔ اسے محسوس ہوا کہ اگر اس ۔ نے اس چادر کو فوراً ہی گولی مار کر نیچے نہ گرا لیا' تو وہ زندگی بھر گاؤں والوں سے نظر نہ ملا سکے گا۔ اس کی ساری زندگی کا وقار مٹی میں مل جائے گا۔ وہ یہ خیال آتے ہی دیوانہ وار چیڑھ کے پیڑ کی سمت لنگڑاتے ہوئے بھاگا اور شست باندھ کر اس نے پھر گولی چلائی۔

عین اسی وقت ہوا کا ایک تیز تر جھونکا اس چادر کو چیڑھ کے درخت کی آخری چوٹی سے اور اڑا لے گیا۔ ایک لمحے میں وہ چادر ہوا میں گرتی ہوئی۔ ابابیل کی طرح تڑپی اور گاؤں والوں کے چہرے فق ہو گئے۔ پھر یکایک وہ چادر یا دونوں پر کھول کر اطمینان سے پرواز کرنے لگی اور خان زمان کو ایسا محسوس ہوا جیسے وہ اس اڑتی ہوئی شفاف چادر کے نیچے زینب اور ساجد کے

چہرے دیکھ رہا ہے۔ دو چہرے' معصوم اور بھولے بھالے اتنی بلندیوں سے اسے دیکھ رہے تھے نہیں' اسے دیکھ بھی نہیں رہے تھے۔ اس وقت ان کے چہرے پر وہ ہراس بھی نہ تھا جو ان کی ناتمام محبت میں درد بن کر تشنگی لے کر خواہش ناتمام ہو کر موت کے دروازے پر آیا تھا۔ اب ان کے چہروں پر کسی طرح کا کوئی تکلیف دہ احساس نہ تھا۔ کیونکہ موت کے آخری لمحے نے ان دونوں کو ایک دوسرے کے سپرد کر دیا تھا اور جب ایک کی زندگی میں دوسرا آیا تو ہر ہراس غائب ہو گیا اور موت کی تنہائی کا کانٹا نکل گیا۔ پھر ہر درد کا درماں ہو گیا اور تشنگی برف کے بوسوں سے سیراب ہوتی گئی اور وہ دونوں ایک دوسرے کی سانس میں سانس گھولے بے سدھ سپنوں میں کھوئے اس چادر میں لیٹے ہوئے چلے جا رہے تھے اور خان زمان کو ایسا محسوس ہوا جیسے یہ ہوا میں اڑتی ہوئی چادر نہ ہو۔ ایک اعلان ہو قتل کی شکست کا' ایک علم ہو اس کے خلاف بغاوت کا۔ ایک جزیرہ ہو خوابوں کا جو ہمیشہ ہوا میں اڑتا چلا جائے گا اور جہاں جائے گا۔ دنیا کو بدلتا جائے گا۔

اور اس نے پاگلوں کی طرح دوڑتے ہوئے چادر کے پیچھے بھاگتے ہوئے چیڑھ کے درخت کی طرف جاتے ہوئے تیسری بار پھر گولی چلائی۔ گولی چلاتے ہی اس کا پاؤں پھسلا رائفل اس کے ہاتھ سے نیچے گر گئی اور تین ہزار فٹ گہری کھڈ میں جا گری اور اب دوسرے لمحے میں وہ خود ایک ہاتھ کے سہارے چیڑھ کے ایک جھکے ہوئے ڈال سے لٹکا زندگی اور موت کے درمیان جھول رہا تھا۔

آخری بار اس نے اپنی آنکھوں سے دور اوپر نیلے آسمان میں خوب صورت چادر کو اڑتے ہوئے دیکھا۔ پھر اس نے اپنی آنکھیں بند کر لیں۔ چیڑھ کا ڈال اس کے بوجھ سے چرچرانے لگا ..... وہ اپنے کانوں سے اس کی

آواز کو سننے لگا جیسے اس کی زندگی کے آخری تار ٹوٹ رہے ہوں ..... پھر یکایک جگے گذریے کے مضبوط ہاتھوں نے اس کے گرتے ہوئے جسم کو تھام لیا۔ وہ اور بدلو شاہ دونوں نے مل کر اسے چٹانوں کے اوپر کھینچ لیا۔ دوسرے لمحے میں چڑھ کا ڈال ٹوٹ گیا اور ہزاروں فٹ نیچے گہری کھڈ میں شور مچاتا ہو گر گیا .....

غان زمان دیر تک چٹانوں پر پڑا ہانپتا رہا اور دیر تک گاؤں والے خاموشی سے اس کی طرف دیکھتے رہے۔ اس کے دونوں ہاتھ پاؤں زخمی ہو چکے تھے اور اس کے جسم سے خون بہہ رہا تھا۔ لیکن جگے گذریے اور بدلو شاہ کے علاوہ کوئی اس کی مدد کو نہ آیا تھا۔

اس کی آنکھوں میں مٹی تھی اور ہونٹوں سے خون بہہ رہا تھا اور اس کے گھٹنے چھلنی ہو چکے تھے اور وہ دیر تک چٹانوں پر اوندھے منہ پڑا ہانپتا رہا .....

آخر وہ جی کڑا کرکے وہاں سے اٹھا اور. لڑکھڑاتے ہوئے قدموں سے اپنے گھر کی طرف چلنے لگا۔ سر جھکائے ہوئے جب وہ بڑی محراب کے نیچے سے گزرا تو لوگوں کا ہجوم اسے دیکھ کر تیزی سے پیچھے ہٹ گیا اور اسی لمحے غان زمان کو احساس ہوا کہ گو وہ زندہ تھا اور اپنے گاؤں کا مالک تھا اور گو زینب اور ساجد دونوں مر چکے تھے اور پھر کبھی اس کی تفتیک کے لئے واپس نہ آئیں گے لیکن یہ دنیا جیسی وہ چھوڑ گیا تھا، ویسی پھر کبھی نہ ہو سکے گی!

____

کرشن چندر

کا بچوں کے لیے لکھا گیا ناول

ہمارا گھر

(بین الاقوامی ایڈیشن)

منظر عام پر آ چکا ہے